人情めし江戸屋

妖剣火龍

倉阪鬼一郎

コスミック・時代文庫

この作品はコスミック文庫のために書下ろされました。

目次

第一章　山吹色《やまぶきいろ》の町

一

「夏場はやっぱり鰻《うなぎ》だな」

山吹色の鉢巻きを締めた男が言った。

「ただの蒲焼《かばや》きもいいけど、大盛りの飯にのっけた鰻丼《うなどん》がいいやね」

「やっぱり江戸屋《えどや》が江戸一だ」

同じ鉢巻き姿の男たちが笑みを浮かべた。

いささか汗臭い男たちは、みな駕籠《かご》かきだ。同じ通りにある江戸屋という駕籠屋につとめている。

才覚のある江戸屋のあるじの甚太郎《じんたろう》は一計を案じた。遠くからでも江戸屋の駕籠だと分かるように、随所に山吹色を用いることにしたのだ。駕籠かきは山吹色

の鉢巻きを締め、駕籠には同じ山吹色の布を巻く。おかげで、江戸屋の界隈《かいわい》だけ

は妙に華やかだった。

「江戸一っておだてても何も出ねえよ」

飯屋のあるじが厨《くりや》から笑みを浮かべて言った。

甚太郎の弟の仁次郎《じんじろう》だ。

駕籠屋と同じく、飯屋の名も江戸屋だった。同じ名でも差し支えはない。駕籠屋の江戸屋は「駕籠屋」、飯屋の江戸屋は「飯屋」で通る。

「うめえもんを出してくれてりゃいいさ」

「鰻の焼き加減もちょうどいいや」

「たれもうめえしよ」

駕籠かきたちは上機嫌だ。

「何より人情があらあな」

「『人情めし江戸屋』だからよ」

客はそう言って、満足げにまた箸《はし》を動かした。

そこでまた客が入ってきた。

「いらっしゃいまし」

おかみのおはなのいい声が響いた。

もともと料理屋の仲居をしていたから、客あしらいは慣れたものだ。

その料理屋で、あるじの仁次郎は板前として働いていた。格式の高い料理屋の板場で修業を積み、腕にも覚えがあった。

このまま修業を続けていればのれん分けも夢ではなかったが、仁次郎は閉ざされた厨で料理をつくるより、客の相手をしながらにぎやかにつくるほうを好むたちだった。

おはなと縁あって結ばれた仁次郎は、この機会に思い切っておのれの見世《みせ》を出すことにした。兄の甚太郎に相談したところ、渡りに船のような申し出があった。

「それなら、うちの若い駕籠かきたちが腹一杯になるような飯屋を隣でやってくれ」

意気に感じた仁次郎は、気合いを入れて飯屋を開いた。

こうして、二つの江戸屋ののれんが近くに出ることになったのだった。

二

「八人前、出前を願います」

おすみの明るい声が響いた。

「はいよ。どこだい？」

厨から仁次郎が問うた。

「南町奉行所で」

おすみが答えた。

駕籠屋の甚太郎の娘だ。兄で跡取り息子の松太郎《まつたろう》も修業がてら駕籠かきとしてつとめに出ている。

妹のおすみも娘駕籠かきを志していたのだが、それはご法度《はっと》で難しいらしい。一度はあきらめかけたのだが、思わぬ成り行きになった。飯屋の膳を運ぶ出前駕籠を始めることになったのだ。天秤棒《てんびんぼう》に倹飩箱《けんどんばこ》を四つ吊り下げ、二人で担いで八人前まで運べる。叔父の飯屋の出前だから、その手伝いということで通してもらうことになった。今日も元気に出前番だ。

「月崎《つきざき》の旦那《だんな》のとこだな」

「上得意がついて良かったな」

駕籠かきの客から声が飛んだ。

「はい、ありがたいことで」

おすみは笑みを浮かべた。

「亭主と一緒に担ぐのかい」

客の一人がたずねた。

「まだいいなずけで、亭主じゃないんで」

おすみがさらりといなすように答えた。

一緒に出前駕籠を担いでいる為吉《ためきち》のことだ。

縁あって夫婦《めおと》になることになり、すでに為吉の実家《さと》の三河島村《みかわしまむら》へはあいさつに出かけている。ただし、同じ江戸屋で不幸な死者が出てしまったため、祝言《しゅうげん》はその年忌《ねんき》が明けてからという段取りになっていた。

「似たようなもんじゃねえか」

「仲良く運びな」

客が笑みを浮かべた。

ほどなく、支度が整った。

「日替わりの膳じゃなくて鰻丼で相済まねえが、肝吸《きもす》いもつけたからよ」

飯屋のあるじが笑みを浮かべた。

江戸屋の日替わりの膳は二十文という安さだ。おおよそ玉子一個分の値になる。いまなら四百円くらいだ。

この値で、大盛りの飯、膳の顔になる焼き魚や刺身や干物、具だくさんの汁に、身の養いにもなるとりどりの小鉢と香の物の小皿がつく。見ただけで笑みがこぼれるような膳だ。

「月崎の旦那も召し上がるの？」

おかみのおはなが問うた。

南町奉行所の隠密廻り同心の月崎陽之進《ようのしん》は江戸屋の常連だ。隠密廻りはさまざまななりわいに身をやつして江戸の町を廻る。これ幸いと、江戸屋の駕籠かきに身をやつすこともあった。

「たぶん月崎さまが頼んでくださったんだと」

おすみが答えた。

「昨日は火盗《かとう》の旦那から出前の注文があったし、大口はありがたいね」

てきぱきと手を動かしながら、仁次郎が言った。

火盗とは火付盗賊改方《ひつけとうぞくあらためかた》のことだ。火盗改方の長谷川平次《はせがわへいじ》与力は月崎同心と肝胆《かんたん》相照《あいて》らす仲となり、すぐそこにある道場で折にふれて稽古《けいこ》の汗を流している。剣豪同心と鬼与力だ。

「はい、上がったよ」

仁次郎の声が響いた。

それを待ち受けていたかのように為吉が入ってきた。

「いただいていきます」

温石《おんじやく》入りの倹飩箱へ膳を入れていく。仕切りがついていて、上下に二膳入る。これが四つあるから、合わせて八人前だ。

「おう、頼むぞ」

仁次郎が言った。

「気をつけて」

おはながおすみに言った。

出前先で思わぬ危難に遭《あ》ったことがあるから、おすみが担いでいくのは素性《すじよう》の知れたところにかぎっている。南町奉行所はこれよりないほどたしかな出前先だ。

「はいっ」

「気張っていきます」

若い二人のいい声が響いた。

三

かごや　江戸屋
千客万来

字に勢いのある掛け看板が出ている。

南伝馬町二丁目《みなみてんまちょう》の角を東へ曲がったところだ。

八丁堀《はっちょうぼり》に近いその界隈は碁盤《ごばん》の目のように通りが並んでいるが、江戸屋のある通りだけがずいぶんとにぎやかだった。

駕籠屋にはしばしば駕籠の頼みが入る。大店《おおだな》から駕籠屋へつなぎに来るのは丁稚《でっち》の大事なつとめだ。

それに応えて、江戸屋の駕籠が動きだす。

「はあん、ほう」

「はあん、ほう」

先棒と後棒の声が悦《よろこ》ばしく響き合う。

おのずとにぎやかになるが、駕籠屋の奥の座敷は存外に静かだった。

「京屋《きょうや》から一挺《いっちょう》は戻ってきそうだな」

あるじの甚太郎が切絵図を見て独りごちた。

あるじ自ら客の相手をすることもあるが、たいていはおかみのおふさと番頭の弥助《やすけ》が受け持っていた。

もう四十代の半ばで、駕籠かきから足を洗ってだいぶ経つが、かつては弥助と組んで快速駕籠として鳴らしていた。いまは駕籠屋のあるじと番頭として江戸屋の屋台骨を背負っている。

甚太郎は頭も切れる。新参の駕籠屋だから新吉原《しんよしわら》への便を担《にな》う老舗《しにせ》には食いこめないが、繁華な日本橋《にほんばし》や京橋《きょうばし》がすぐ近くだから、江戸屋のあきないは順調だった。

「薬研堀《やげんぼり》の井筒屋《いづつや》へ一挺」

おふさの声が響いてきた。

「はいよ」

甚太郎は双六《すごろく》の駒のようなものを動かした。

駒はすべて山吹色で、江戸屋の駕籠を表している。こうして切絵図に駒を配置すれば、どの駕籠がどこへ向かっているか、おおよその察しがつく。

むろん、駕籠はいままさに動いているからすべてを読むことはできないが、こうして切絵図に駒を配置しておけば、次にどの駕籠が戻りそうかおおよその察しはつく。それを踏まえて、客にきめ細やかな応対をすることができる。

甚太郎はときどき思う。

駕籠に印籠《いんろう》のようなものを持たせて、それを通じて話ができればどんなに楽だろうかと。その駕籠が次にどこへ向かうか、たちどころに分かればいくらでも適切な指示を出すことができて、格段に実入りが良くなるだろう。

実際はそんなものはないから、長年の勘を働かせながら地道にやっていくしかなかった。

「旦那が見えましたよ」

またおふさの声が響いた。

旦那、と言えば打てば響くように分かる。

「おう」

ひと声発して顔を覗《のぞ》かせたのは、月崎陽之進同心だった。

四

「何も変わりはねえか」

月崎同心がたずねた。

「おかげさまで、このところは」

江戸屋のあるじが答えた。

「そうそう変事が起きたら困るからな。……お、ありがとよ」

茶を運んできたおふさに向かって、月崎同心は軽く右手を挙げた。

「今日は娘が出前でそちらへ」

駕籠屋のおかみが言った。

「おう。みなが江戸屋の膳を食いてえって言うんでな。おれは廻り仕事があったから食ってねえんだが」

月崎同心が答えた。

「そうだったんですか」

おふさは意外そうな顔つきになった。

「稽古が終わって、まだ余ってたら食ってやろう」

月崎同心はそう言って茶を啜《すす》った。

「今日は道場ですな」

と、甚太郎。

「月に二度、火盗改方との打ち合わせを兼ねて、平次と稽古をすることにしているから」

月崎同心が答えた。

火付盗賊改方の長谷川平次与力のことだ。町方と火盗改方は縄張りが重なっていることもあり、ひと頃はあまり折り合いが思わしくなかった。しかし、剣豪同心と鬼与力がともに稽古をするようになってから、両者の結びつきはだんだんに強くなってきた。

「火の出るような稽古だというもっぱらの評判ですから」

甚太郎が笑みを浮かべた。

「そりゃ、真剣のつもりで稽古しなきゃ身にならねえ。……お、ありがとよ」

月崎同心は湯呑みを置いて立ち上がった。

役者にしたいような男前で、ちょっとした立ち居振る舞いにも男の色気がある。

「気張ってくださいまし」

おふさが笑みを浮かべた。

「汗をかいてくるぜ」

南町奉行所の剣豪同心が白い歯を見せた。

五

江戸屋のある通りに活気があるのは、駕籠がひっきりなしに出入りしているからばかりではない。

駕籠屋の向かいに道場がある。

柳生新陰流《やぎゅうしんかげりゅう》の自彊館《じきょうかん》だ。

自彊不息《ふそく》という言葉がある。「自ら彊《つと》めて息《や》まず」と読み下す。たゆみなく研鑽《けんさん》に励むという意味だ。道場の名はそこに由来する。

自彊館の門人は多い。八丁堀の同心も通っているから、遣《つか》い手も多く、稽古には凜冽《りんれつ》の気が漂う。

ぱしーん、ぱしーん……。

ひき肌竹刀《はだしない》が触れ合う小気味いい音が響く。怪我をせぬよう、牛の革をかぶせた独特の竹刀を柳生新陰流では用いている。

「いざ」

そのひき肌竹刀を、月崎同心が構えた。

月崎陽之進は、柳生新陰流免許皆伝の腕前だ。江戸屋の駕籠かきに身をやつした隠密廻りのいでたちから道着にあらためると、思わず息を呑むような男っぷりになる。

「おう」

相対するは、火付盗賊改方の長谷川平次与力だった。

かの鬼平こと長谷川平蔵元長官の遠縁に当たる鬼与力は、陰流の遣い手だった。

柳生新陰流の源流に当たる流派だから、同門とも言える。

「ていっ」

剣豪同心が踏みこんだ。

ひき肌竹刀が途中からぐいと伸びてくる。

「ぬんっ」

鬼与力が正しく受けた。

体の幹がどっしりしており、相手の攻撃にも揺るがず受けることができる。決して派手さはないが渋い剣だ。

二人の稽古が始まると、ほかの門人たちは稽古をやめ、じっと動きに見入った。剣豪同心と鬼与力の竹刀さばきや身のこなしを目で見るほうが、おのれの稽古よりずっと身になる。

奥に積まれた畳の上では、道場主の芳野東斎《よしのとうさい》が腕組みをして見守っていた。かなりの齢《とし》だが、まだ背筋はしゃんと伸びている。眼光も鋭い。師範代の二ツ木《ふたつぎ》伝三郎《でんざぶろう》や免許皆伝の月崎同心などに門人たちの稽古を任せ、自ら竹刀を握ることはすくなくなったが、そこにいるだけで道場の気がぐっと引き締まる。

稽古はさらに続いた。

月崎同心はひざをえまし、後《ご》の先《せん》の反撃の機をうかがった。

ひざをえます、とは柳生新陰流ならではの言い回しだ。「笑ます」と書くのかどうかは分明でないが、ひざにわずかな余裕をつくり、素早く反撃に転じるのが要諦《ようたい》だった。

「てやっ」

鬼与力が果敢に打って出た。

つわものぞろいの火付盗賊改方のなかでも、右に出る者のない剣の遣い手だ。長官は脚気《かっけ》を患《わずら》っており、役宅で休んでいることが多いから、鬼与力が実質上の長官であるとも言える。

「とおっ」

剣豪同心は正しく受けた。

遅れを取ったように見えても、月崎同心の剣は速い。ほかのだれよりも抜きん出て速い。いくらか遅く受けに回ったように見えても充分に間に合う。

それどころか、一瞬遅く動きだしても、相手に先んじることができる。

剣豪同心と稽古で手合わせをした者は、口をそろえて言う。

まるで第二の剣が振り下ろされてきたかのようだった、と。

「月」崎「陽」之進

その名に太陽と月の両方が入っている。陽が出ているときも、月は人知れず動いている。月もまた同じだ。
陽ならぬ月、月ならぬ陽。
人知れず動く見えざる剣が伸びてくる。
もはやそれは柳生新陰流の範疇《はんちゅう》にとどまらない。
陽月流《ようげつりゅう》として一家を構えるに足る腕前だと道場主は考えていた。
緊迫の稽古はなおしばし続いた。
「それまで」
道場主の芳野東斎がややあって右手を挙げた。
二人の剣士は、ほぼ同時にひき肌竹刀を納めた。
阿吽《あうん》の呼吸だ。
自彊館に張りつめていた気が、ようやくわずかにゆるんだ。

六

江戸屋はわりかた早く閉まる。
七つ（午後四時）くらいになると、そろそろ終《しま》い支度だ。早番の駕籠かきたちは朝早くから腹ごしらえに来るから、江戸屋の面々もおのずと早起きになる。その分、のれんをしまうのもほかの煮売り屋などよりは早い。

遅番の駕籠かきがあわただしく腹ごしらえをするなか、朝から気張ってきた者たちは一献《いっこん》傾けて疲れを癒《いや》す。むやみに凝《こ》った肴《さかな》は出ないが、膳につく小鉢の余りくらいでも充分だ。

駕籠かきたちにまじって、剣豪同心と鬼与力の姿もあった。

自彊館で稽古に汗を流したあとは、江戸屋の座敷で軽く呑みがてら今後のつなぎや相談を行うのが常だった。河岸を替えてもいいが、ともに忙しい身だ。江戸屋で呑み、奉行所や役宅などに戻るのがてっとり早い。

「ときに、陽之進どの。いくらか剣呑《けんのん》な知らせがありましてな」

長谷川与力が少し声を落とした。

「ほう、剣呑な知らせが」

月崎同心が湯呑みを置いた。

寒い時分は銚釐《ちろり》の燗酒《かんざけ》だが、いまは冷やだ。

「八州廻《はっしゅうまわ》りばかりでなく、日《ひ》の本《もと》じゅうの悪党の動きに目を光らせているお役目があります。言わば、隠密奉行のようなものですな」

火盗改方の鬼与力はそう言うと、鮑《あわび》の酒蒸しに箸を伸ばした。

あるじの仁次郎によれば、今日の肴の大関格らしい。

「そのうわさは以前から聞いている。何かそちらからつなぎが？」

町方の剣豪同心が問うた。

「いかにも」

鬼与力は一つうなずいてから続けた。

「大坂と京を荒らしていた盗賊が、いよいよ江戸へ向かったという知らせが入ったのです。隠密奉行とその手下は捕り物を行わないため、われわれ火盗改方などに捕縛は任せることになっていますので」

長谷川与力が言った。

「では、江戸の朱引《しゅび》きの中に入れば、われわれの出番もあるやもしれぬな」

月崎同心は腕組みをした。

「町場ではなく、寺方の無住の寺などにねぐらを据えても、われらはいくらでも踏みこめるので」

火盗改方の与力が言った。

町方は江戸の町場だけに縄張りがかぎられているが、火盗改方は寺社領でも武家地でも踏みこんで悪党を召し捕り、役宅で責め問いにかけたりすることができる。

「で、その盗賊の名は？」

剣豪同心は腕組みを解いて訊いた。

「火花《ひばな》の龍平《りゆうへい》」

鬼与力がその名を告げた。

「約《つづ》めて火龍《かりゆう》とも呼ばれるこの盗賊、剣の腕があり、知恵も回るなかなかの曲者《くせもの》らしいです。ことに、船などを巧みに使い、思わぬ押し込みを仕掛けてくるのだとか」

苦々しげに言うと、長谷川与力はおかみが運んできた鰻茶《うなちや》に手を伸ばした。

月崎同心も続く。

中食《ちゆうじき》は鰻丼だったが、山葵《わさび》を効かせた鰻茶も美味だ。

「海賊のようなやつか」

鰻茶をひとしきりかきこんでから、月崎同心が言った。

「いや、船を使うことがあっても、狙いは陸《おか》のようで」

鬼与力が答えた。

「いずれにせよ、気をつけることにしよう」

引き締まった表情で言うと、剣豪同心は残りの鰻茶を平らげた。

第二章　消えた宝仙寺《ほうせんじ》駕籠

一

「ちょいと眠いが、今日も気張ってやろうぜ」

兄の泰平《たいへい》が言った。

「おいらはいつも朝が早いから」

弟の吉平《きっぺい》が答えた。

兄弟でなりわいは異なる。兄の泰平は駕籠《かご》かきだが、弟の吉平は飯屋の厨《くりや》で修業をしている。

吉平はわらべのころの病で足が悪く、駕籠は担げない。そこで、ゆくゆくはひとかどの料理人になるべく、仁次郎の下で修業に励んでいた。

父の巳之助《みのすけ》は古参の駕籠かきだったが、あいにくなことに辻斬《つじぎ》りに遭《あ》って命を落としてしまった。若い新松《しんまつ》も犠牲になったから、江戸屋は深い悲しみに包まれたものだ。

紆余曲折《うよきょくせつ》があって敵討《かたきう》ちがなされ、兄弟もいまは元気を取り戻し、それぞれの道を進んでいる。

「おいらはたまの朝当番だから眠いや」

泰平がそう言ってあくびをかみ殺した。

「大事なつとめだから、気張っておくれ、兄《にい》ちゃん」

弟が言った。

「おう。支度が整ったら朝餉《あさげ》を食いに行くから」

兄は笑みを返した。

「待ってるよ。なら、またあとで」

吉平は軽く右手を挙げた。

弟の背を見送った泰平は、江戸屋の駕籠を一挺《いっちょう》ずつあらためていった。

朝当番の仕事だ。

遅くまでつとめる駕籠も、終《しま》いには江戸屋へ戻ってくる。町駕籠だから、街道筋をはるばると進んでいったりはしない。

朝当番は駕籠の数を数え、不具合がないかどうか一挺ずつ入念にあらためる。綱のゆるみなど、直すべきところが見つかったら駕籠屋に知らせる。

駕籠の担ぎ棒のところに字が刻まれていた。

一から十二まである。

江戸屋の駕籠は、いまのところ十二挺だった。このほかに、出前駕籠が一挺ある。

それぞれの駕籠は、舟をつないでおく要領で、杭《くい》に縄で縛りつけてあった。まさか盗まれることはあるまいが、念のための用心だ。

「あれ、八番の駕籠がねえな」

泰平は首をかしげた。

年に数回しかないが、町場を流しているときに遠方まで駕籠を頼まれることがあった。あまりにも遅くて帰れず、どこかで夜を明かして日が昇ってから戻るのだ。

「遠駕籠の話は聞かなかったけど」

いぶかしげな面持《おもも》ちで、泰平は八番の駕籠が置かれているはずのところへ歩み寄った。

ややあって、その表情が変わった。

「こ、これは……」

八番の駕籠を杭に縛りつけていた頑丈な縄は、刃物で切られていた。

駕籠は消えていた。

大店《おおだな》のあるじなどが使う上等の宝仙寺駕籠だ。

「えれえことになったぞ」

若い駕籠かきは続けざまに瞬《まばた》きをした。

いくら見ても同じだった。

八番の宝仙寺駕籠が消え失せていた。

二

「駕籠が盗まれただと？」

まだ眠そうな目で、あるじの甚太郎が言った。

「間違いありませんや。綱が刃物で切られてたんで」

泰平は口早に告げた。

「本当か」

まだ半信半疑の面持ちで、甚太郎は雪駄《せった》を履《は》いた。

そこへ、跡取り息子の松太郎が出てきた。

今日は泰平と組んで早番ということになっている。

「駕籠が盗まれたらしいぞ」

甚太郎が松太郎に言った。

「駕籠が？」

跡取り息子の顔に驚きの色が浮かんだ。

「だれかが綱を切って、夜のうちに持って行っちまったみてえで」

泰平が告げた。

「いったい何のために」

と、松太郎。

「さあ」

泰平は首をかしげた。

「とにかく検分だ。ここでどうこう言っってても仕方がねえ」

甚太郎がうながした。

その目で見ると、若い駕籠かきが言ったとおりだった。

八番の駕籠だけ、明らかに盗まれた形跡があった。

「同じ駕籠屋のしわざでしょうかねえ」

泰平が言った。

「うちの駕籠には、ほうぼうに『江戸屋』と彫りを入れてある。盗んだりしたら、すぐ足がつくだろう」

甚太郎が読みを入れた。

「あきないがたきのしわざじゃなかったら、何のために盗んだりしたんだろう」

松太郎が腕組みをした。

「うちへの嫌がらせなら、べつの手を使うだろう。担いだらばらばらになるような細工だってできるはずだ。盗んでいくのは腑《ふ》に落ちねえ」

甚太郎が首をひねった。

「どこかへ売り飛ばすとか」

泰平が思いつきを口にした。

「ほかの金目のものならともかく、駕籠なんぞそうそう売り飛ばせるもんじゃねえぞ。いくら上等な宝仙寺駕籠でも、くどいほど『江戸屋』の字が彫りこまれてるんだからな」

甚太郎はすぐさま答えた。

「で、どうする、おとっつぁん」

松太郎が問うた。

「ともかく、番所へつなぎだ。盗まれた駕籠を探すしかねえ」

江戸屋のあるじが答えた。

三

「妙な話だな」

ぬりかべのような大男が首をかしげた。

閂《かんぬき》の大五郎《だいごろう》。ここいらでは知らぬ者のない十手《じって》持ちだ。

もとは相撲取《すもうと》りで、大門《だいもん》という四股名《しこな》だった。相手の両の腕《かいな》をがしっと決め、身動きできないようにしてからじりじり寄っていく取り口で、うかつに振りほどこうとするとひじが折れてしまうから恐れられていた。

いまは月崎同心の一の子分だ。立ち回りになると、ぬりかべのごとき巨体から繰り出される力強い張り手が悪党どもに見舞われる。頼りになる十手持ちだ。

「すぐ銭になりそうもねえ駕籠を、なんでまたわざわざ盗んだりしたんでしょうねえ」

子分の下っ引きも腑に落ちない顔つきだった。

猫又《ねこまた》の小六《ころく》だ。

こちらも力士あがりだが、駕籠かきと変わらない小兵《こひょう》だ。猫又は四股名で、猫だましという技を得意にしていた。立ち合いで相手の顔の前で両手をばちんと打ち合わせ、相手がひるんだすきにふところにもぐりこむといういささか姑息《こそく》な技だ。

「さあ、分からねえな」

閂の大五郎は首をひねると、江戸屋の朝餉の飯をわしっとほおばった。

朝獲《あさど》れの新鮮な魚の刺身に具だくさんの汁、それにお浸しと香の物がつく。刺身だけでもかなりの盛りだ。

「とにかく、早くひっ捕まえてくだせえやし」

「次々に盗まれたりしちゃあきないにならねえんで」

一緒に朝餉を食べていた駕籠かきたちから声が飛んだ。

「何かあったのかい」

のれんをくぐってきた大工衆の一人が問うた。

江戸屋の飯は評判を呼び、駕籠かきばかりでなく、よその大工や左官や荷車引きなども来るようになった。おかげで朝から大にぎわいだ。

「うちの駕籠が一挺、夜中に盗まれちまったんで」

仁次郎が厨から言った。

「ちゃんと綱でつないであったのに、だれかが切ったみたいで」

おかみのおはなが言った。

「そりゃ剣呑《けんのん》だな」

「だれがやったんです？　親分」

気の早い大工衆から声が飛んだ。

「そりゃ、これから聞きこむんだ」

門の大五郎が苦笑いを浮かべて答えた。

「そのための腹ごしらえでよ」

小六が箸《はし》を動かす。

そのとき、少し眠そうな目でわらべが二人出てきた。

「おっ、おはよう」

「こっちはばたばたしてるぜ」

駕籠かきたちが言う。

「おはようございます」

兄の義助《ぎすけ》が少し大人びたあいさつをした。

まだ九つだから、背丈はまだまだだ。

「おはようにゃ」

一つ下の妹のおはるが妙なあいさつをして、三毛猫を土間に放した。

飯屋の看板猫のみやだ。

江戸屋で飼うことになった三毛猫で、春はまだだったが、秋口には子を産みそうなほどにまで育っている。飯屋のきょうだいとはいたって仲良しで、客からもかわいがられている。

「みやちゃん、おはよう」

おはなが声をかけた。

「夜中に駕籠が盗まれちまったんだが、心当たりはねえか」

駕籠かきの一人が半ば戯《ざ》れ言《ごと》めかして問うた。

「みやちゃんは一緒に寝てるから」

おはるが言った。

「それじゃ見張りにゃならねえな」

大五郎がそう言って、飯の残りをかきこんだ。

「とにかく、月崎の旦那にもつないで、ほうぼうを見廻って聞き込みだな」

小六が先に箸を置く。

「気張ってね」

義助が大人びた口調で言った。

「ああ。おめえらも寺子屋を気張りな」

小六は笑って飯屋の跡取り息子に答えた。

四

「おう」

江戸屋の駕籠かきのなりをした男がのれんをぐってきた。

ただし、声としぐさで本物ではないことが分かる。

南町奉行所の隠密廻り同心、月崎陽之進だ。

「ご苦労さまでございます」

おかみのおふさが頭を下げた。

「異なことになったな」

月崎同心は苦々しげな顔つきで言った。

「駕籠の当たりはつきましたでしょうか」

番頭の弥助が問うた。

「あきないがたきの駕籠屋はひとわたり当たらせたが、盗まれた駕籠らしきものは見つかってねえ。そんなあからさまな悪事を働いたら、すぐ足がついちまうからな」

同心は答えた。

「よりによって、目立つ宝仙寺駕籠ですからね」

おふさが眉間《みけん》にしわを寄せた。

ここであるじの甚太郎が出てきた。

「ご苦労さまでございます」

江戸屋のあるじはていねいに一礼した。

「まだ当たりはついてねえんだがな」

月崎同心が言った。

「四挺しかない宝仙寺を盗むとは、ただ者のしわざじゃないかもしれません」

甚太郎はあごに手をやった。

「戻ってこなかったら痛手だよ、おまえさん」

と、おふさ。

「そりゃ、四つ手より宝仙寺のほうがずっと上等だからな」

甚太郎が答えた。

江戸屋が持っている十二挺の駕籠はすべて同じではない。
二、四、六、八
その四挺は、町場では最も高級な宝仙寺駕籠だった。大店のあるじや隠居などが乗る駕籠で、四方はつややかな板張りで、左右と前に簾窓《すだれまど》がしつらえてい
る。武家の女房なども用いる格式の高い駕籠だ。
ほかは町でよく見かける四つ手駕籠だ。町駕籠や辻駕籠とも呼ばれる、四本の柱を竹で組んだ駕籠で、小回りは利くがいささか安っぽい。

「それにしても、盗んだ駕籠を軽々しく売るわけにもいかねえだろう」

月崎同心はそう言うと、娘のおすみが出した茶を少し苦そうに呑んだ。

今日もいいなずけの為助と組んだ出前駕籠でひと働きしてきたところだ。

「すぐうちの駕籠だと分かるでしょうからね」

おすみが言った。

「足がつかねえと思って盗んだとすりゃあ、あんまり頭が良くねえが」

同心が首をひねった。

「何にせよ、宝仙寺はうちの看板みたいなものなんで」

甚太郎が言った。

どの駕籠がどこへ向かったか、切絵図に山吹色の駒を置いておおよそをつかむようにしているが、そのうちの四つの駒はいくらか大きくなっている。

大店からの依頼があったときは、まず宝仙寺駕籠を優先させる。いつごろ回せるか、当たりをつけて客にどう応えるかが腕の見せどころだ。

四つ手駕籠でも構わないという鷹揚《おうよう》な客か、宝仙寺でなければ乗らないという難しい客か、そのあたりも頭に入れておかねばならない。年季を積まなければつとまらない役目だ。

「なるたけ早く盗まれた駕籠が見つかるようにしてやろう」

月崎同心はそう言うと、残りの茶を呑み干した。

「どうぞよろしゅうお願いいたします」

駕籠屋のおかみがていねいに頭を下げた。

五

その晩――。

湯島《ゆしま》の一角で一挺の駕籠が止まった。

「はい、お着きで」

先棒が簾をめくった。

中から降り立ったのは、髷《まげ》を豊かに結ったあきんどだった。

本郷三丁目の銘茶問屋、駿河屋《するがや》のあるじの源右衛門《げんえもん》だった。

銘茶問屋の番付の上位に載る名店で、江戸じゅうに名がとどろいている。

「なら、いつものように一刻《いっとき》（約二時間）後にここで」

提灯《ちょうちん》を手にした駿河屋の源右衛門が言った。

「へい、承知で」

「どうぞごゆっくり」

先棒と後棒が言った。

ほどなく、空の駕籠が動きだした。

待ち合わせの時が来るまで、煮売り屋で軽く呑み、酔いをさましてから再び駕籠を担ぐのが常だ。

源右衛門は徒歩《かち》で進んでいた。供の者はいない。

大店のあるじにしては不用心だが、これにはわけがあった。駿河屋のあるじはこれから囲い女のもとを訪れようとしていた。一刻の逢瀬《おうせ》だが、ここ数年来、源右衛門は女房や子の知らない秘め事を楽しんでいた。

その身辺を粘り強く嗅《か》ぎ廻っていれば、駿河屋のあるじが次にいつ囲い女のもとを訪れるのか、じきに分かってくるはずだ。それに基づき、良からぬことを企てることもできるだろう。

果たして、魔手は人知れず迫っていた。

おや、と源右衛門は思った。

向こうから宝仙寺駕籠がやって来た。おのれを運んできた駕籠がまた現れたのかと思ったが、違った。

先棒も後棒も、はるかに人相が悪かった。

早くやり過ごそう思い、足を速めたときに異変が起きた。

駕籠の中から素早く人が飛び出してきたのだ。

「うわっ」

提灯が揺れて地面に落ちた。

現れ出《い》でた怪しい者は、駿河屋のあるじのみぞおちに鋭い突きを食らわした。

「ぐえっ」

ひと声あげてうずくまる。

賊がさらに当て身を食らわせると、これから逢瀬を楽しもうとしていたあきんどはいともたやすく気を失った。

悪相の駕籠かきたちが動く。

駿河屋のあるじの姿は宝仙寺駕籠の中へ消えた。

「よし、運べ」

野太い声が響いた。

「へい」

「合点で」

先棒と後棒が答えた。

「急げ」

さらに声が飛ぶ。

ほどなく、駕籠は動きだした。

「はあん、ほう」

「はあん、ほう」

先棒と後棒の声がそろう。

地面に落ちた提灯が燃えはじめた。

それが燃え尽きるころ、怪しい宝仙寺駕籠は深い闇の中へ姿を消していた。

第三章　出世不動へ

一

翌日――。

銘茶問屋の駿河屋に文《ふみ》が届いた。

ゆうべからあるじの源右衛門が戻っていない。おかみも番頭も跡取り息子もこぞって案じていたところへ、町飛脚が急ぎの文を届けてきた。

あらためてみると、こう記されていた。

あるじはあづかつた
いのちがをしくば
百両

用立ててまつてをれ
おつてまた文をやる
火

驚きあわてた駿河屋の者は、急いで町方に知らせた。

話を聞いた町方のなかに、あるひらめきを得た者がいた。

月崎陽之進同心だ。

火盗改方の長谷川平次与力から、剣呑《けんのん》な盗賊が江戸に向かっているらしいという知らせを受けていた。

その盗賊の名は、火花の龍平だった。

この「火」は、盗賊の名ではないのか。

行きがかり上、月崎同心が調べに乗り出すことになった。

手下とともに動いた結果、思わぬものが見つかった。

かどわかされた駿河屋のあるじではなかった。

見つかったのは、江戸屋の宝仙寺駕籠だった。

二

「何にせよ、駕籠が戻ってきたのはありがたいことですが」

駕籠屋のあるじの甚太郎がいくらかあいまいな顔つきで言った。

駕籠が棄《す》てられていたのは、団子坂《だんござか》に近い裏通りだった。「江戸屋」と随所に彫りの入った宝仙寺駕籠だ。八という数字も彫られていた。暮夜、駕籠屋から何者かが盗んだ駕籠に相違ない。

知らせを受けた江戸屋から若い者が走り、駕籠は無事に戻ってきた。ただし、なぜ盗まれたのか、何に使われたのかは謎のままだった。

「駿河屋のかどわかしに使われたと考えれば平仄《ひょうそく》は合う」

月崎同心はそう言って茶を少し啜《すす》った。

「駿河屋の旦那《だんな》さんを、うちの駕籠に乗せて運んだわけですか」

おかみのおふさの眉間《みけん》にうっすらとしわが寄った。

「だとしたら、団子坂からそう遠くねえところに閉じこめられてるだろう。気を失っていりゃあ、夜中に運ぶことはできるからな」

月崎同心は読みを入れた。

「駿河屋さんはどこへ行くところだったんです？」

娘のおすみがたずねた。

「おすみちゃんの前だが、湯島の囲い女のところへちょくちょく通ってたらしい。近くまでいつも運んでた駕籠屋からくわしい話を聞いた」

隠密廻りの同心が答えた。

おすみが微妙な表情になる。

「なら、そこから歩いて向かっているときに、うちの盗まれた駕籠が来て……」

甚太郎の顔つきも曇った。

「駿河屋のあるじに当て身でも食らわせて、駕籠に乗せて連れ去ったんだろうよ」

月崎同心が言った。

「で、次の文はまだ？」

おふさが問うた。

「駿河屋には奉行所の者と小六を詰めさせてある。次の知らせが来たら、それに応じて動き、網を張って捕り物へもっていくつもりだ」

同心は答えた。

「捕り物は町方だけで?」

今度は甚太郎がたずねた。

「いや、火盗改方にも声をかけてある。長谷川与力から聞いた京大坂を荒らしてた盗賊かもしれねえから」

月崎同心の声に力がこもった。

「悪名高い盗賊が江戸へやって来たんですか」

おふさが言った。

「どうやらそうらしい。ただ者じゃなさそうだからな」

月崎同心がそう答えたとき、あわただしく入ってきた者がいた。

猫だましの小六だった。

「来ましたぜ、文」

下っ引きは息せき切って告げた。

三

本郷三丁目の駿河屋はあわただしかった。

月崎同心から少しだけ遅れて、火盗改方の長谷川平次与力も手下とともに姿を現した。これで剣豪同心と鬼与力がそろった。

「今夜が勝負だな、平次」

月崎同心はそう言うと、すでに目を通してあった文を渡した。

「拝見」

長谷川与力がさっそくあらためはじめた。

そこにはこう記されていた。

番頭だけでうごけ
百両をふところに
こんやの丑三《うしみ》つどき
神田《かんだ》の出世不動へ参れ
そこにまた文がある
人にいへば
あるじのいのちはないぞ
火

またしても「火」だった。

「同じやつからだな」

月崎同心が言った。

「間違いなさそうですね、陽之進どの」

歳は弟分の長谷川与力が答えた。

「て、手前だけで動けと文に記してありますが」

番頭の辰次《たつじ》が何とも言えない表情で言った。

「そう書いてあるんだから、番頭さんに行っていただかないと」

おかみのおたつが、やや厳しい顔つきで辰次を見た。

「はい、もちろんまいりますが」

長年、駿河屋に奉公してきた初老の番頭が答えた。

髷《まげ》にはかなり白いものも目立つようになった。かつてはあきないでほうぼうを飛び回っていたが、このところは手代に任せて、見世《みせ》で帳簿をあらためていることが多い。丑三つ時に大金をふところに入れて出かけ、次の指示を待つのはいささかつらい役目のようにも思われた。

「人に言えば、命はないと書いてあるので」

跡取り息子の源太郎《げんたろう》が貧乏ゆすりをしながら言った。

源右衛門のもとで修業は積んでいるが、線が細くていま一つ頼りないところもある若者だ。

「まあ、それは決まりのようなものだ。大金をふところに入れて運ぶ番頭の見張りは、われらがしっかりと請け負うゆえ」

月崎同心は長谷川与力を見た。

「かつてもこのような身代金目当ての悪党をお縄にしたことがある。われらに任せよ」

鬼与力が引き締まった顔つきで告げた。

「どうかよしなにお願いいたします」

一礼してから、おかみは続けた。

「このたびは、うちの人の不始末が悪党につけこまれたようなもので、情けないかぎりなんですが、駿河屋にとってみればあるじがいないとあきないに差し支えますので、無事に戻ってくれればと」

内心の思いも含めて、おかみのおたつは率直に言った。

「承知した。任せよ」

剣豪同心の声に力がこもった。

「遠巻きに網を張り、悪党を捕縛に導くゆえ」

鬼与力も力強く言った。

四

「番頭だけでうごけ」と記されてはいたが、徒歩《かち》にかぎる、という指示はなかった。

本郷三丁目から神田の鎌倉河岸《かまくらがし》に近い出世不動までは、むやみに離れているわけではない。ただし、丑三つ時に徒歩で行くのは物騒だし、いささか難儀だ。

そこで、駕籠を出すことにした。むろん、江戸屋の駕籠だ。

白羽の矢が立った駕籠かきは、江戸屋の跡取り息子の松太郎と、日頃からよく組んでいる泰平だった。

「出世不動に次の文が置いてある。どこへ行けと書いてあっても、臆《おく》せず運んでくれ。見張りはつけておくから」

江戸屋から出る前に、月崎同心が言った。

駿河屋には長谷川与力が率いる火盗改方が詰めている。大役を任せられた番頭の辰次も待機だ。

「へい」

「承知で」

松太郎と泰平が答えた。

もう夜は更けている。おかみのおふさと娘のおすみは寝てしまった。朝が早い飯屋もとうに火を落としている。

ただし、夜に腹が減ってはと、握り飯を用意してくれていた。おかかや沢庵《たくあん》を具にして、刷毛《はけ》で醬油を塗ってあぶった香ばしい焼き握りだ。

「よし、そろそろ動くか」

月崎同心が水を向けた。

「一つ腹ごしらえをしてからでいいっすか?」

松太郎が訊《き》いた。

「先に食っておけ」

あるじの甚太郎がだいぶ眠そうな顔で言った。

「なら、急いで食え」

同心が許した。

「へい。おいらも」

泰平も握り飯の包みを解きにかかった。

中身は何か外からは分からないが、松太郎はおかか、泰平は沢庵だったようだ。

「弟がつくった握り飯だが、ちょうどいい加減だ」

泰平が満足げに言った。

厨《くりや》の修業に入った弟の吉平はすっかりなじんで、客からもかわいがられている。

「この味なら見世で出せるぜ」

松太郎が笑みを浮かべた。

「焼きたてならもっとうめえだろう」

泰平が和す。

「よし、おれは番頭より重いが、駿河屋まで運んでくれ。捕り物に備えて力をためておかねえとな」

月崎同心が言った。

「承知で」

「しっかり運びまさ」

若い駕籠かきたちがいい声で答えた。

五

「では、頼みます、番頭さん」

駿河屋のおかみのおたつが言った。

「承知しました」

番頭はふところを手で軽くたたいた。

そこに百両入りの包みが入っている。ただならぬ重さだ。

「おいらがあとをつけますんで」

そう言ったのは、もと猫又の小六だった。

相撲取りとしてはいたって弱かったが、身のこなしが軽く、長く駆けるのも得手だ。

「わが手下もひそかに走る。安んじてつとめを果たしてくれ」

火盗改方の長谷川与力が言った。

「はい」

辰次は頭を下げた。

「われらも近くまで行く。いざというときは呼子《よびこ》を吹いて知らせよ」

月崎同心が小六に言った。

「合点で」

下っ引きは力こぶをつくった。

閂《かんぬき》の大五郎は力勝負にならないと分が悪いから、今夜の出番はない。敵のねぐらを襲う捕り物になるまで待機だ。

機は熟した。

先棒の松太郎、後棒の泰平。山吹色《やまぶきいろ》の鉢巻きを締めた駕籠かきたちは引き締まった表情をしていた。

宝仙寺駕籠か四つ手駕籠か、どちらにするか迷ったが、人の姿を隠して乗せられる宝仙寺にした。

しかも、八番の駕籠だ。

駿河屋のあるじのかどわかしに使われた駕籠にとってみても、敵討《かたきう》ちのようなつとめになる。

「では、行ってまいります」

番頭が駕籠に乗りこんだ。

「頼むぞ」

「平常心でまいれ」

剣豪同心と鬼与力の声がそろった。

六

「はあん、ほう」

「はあん、ほう」

先棒と後棒の声がそろう。

提灯《ちょうちん》で行く手を慎重に照らしながら、江戸屋の駕籠は夜の町を進んでいった。

「なんだか胸がきやきやしてきたね」

駕籠の中から番頭の辰次の声が響いた。

「落ち着いてやってくださいまし」

先棒の松太郎が言う。

「悪党と戦うわけじゃねえんで」

後棒の泰平も和す。

「そりゃそうだね。ちょっとは気が軽くなったよ」

辰次が答えた。

その後はしばらく、無言が続いた。

「はあん、ほう」

「はあん、ほう」

駕籠屋の控えめな声しか響かない。

「もうそろそろかい」

辰次がしびれを切らしたように問うた。

「さようです」

「出世不動は小さいから、見逃さないようにしねえと」

江戸屋の駕籠かきが答えた。

丑三つ時だ。

夜泣き蕎麦《そば》の屋台も見えない。江戸の町は死んだように眠っていた。

「あれか？」

松太郎が提灯をかざした。

「あれですね」

泰平が小声で答える。

ほどなく、駕籠はゆっくりと止まった。

出世不動の本堂までは、さほど長くないが石段を上る。

「提灯を使ってくださいまし」

松太郎が辰次に灯《あか》りを手渡した。

「ああ、すまない」

番頭は提灯を手にすると、ふっと息を一つついてから石段を上りだした。

「落ち着いて」

「しっかりやってくださいまし」

駕籠かきたちの声に背を押されて、駿河屋の番頭は石段を上った。

さほど急ではないのに息が切れた。辰次は小さな本堂の前に至った。

提灯の灯りをかざす。

ほどなく気づいた。白いものが置かれている。

文だ。

心の臓の鳴りが激しくなってきた。

長い息をつくと、辰次は文を開いた。

こう記されていた。

そこに次の文がある
かごでいけ
連雀町《れんじやくちょう》の地蔵堂へ
火

七

「連雀町の地蔵堂へやってください」

石段を下りるなり、番頭が言った。

「へい、承知で」

松太郎が答えた。

「連雀町に地蔵堂なんてありましたっけ」

泰平がけげんそうな顔つきになった。

「道祖神《どうそじん》に毛が生えたようなやつだから、うっかりしてると通り過ぎちまう」

と、松太郎。

「なら、先棒を頼りに」

泰平が答えた。

「承知で」

松太郎が引き締まった顔つきで言った。

出世不動から連雀町まではさほど遠くない。鍛えの入った駕籠かきが運べばなおさら近い。

「はあん、ほう」

「はあん、ほう」

その声しか響かない。

たまさか遠くで夜鳥《よどり》が泣くばかりだ。

「あれだ」

先棒の松太郎が控えめな声をあげた。

見過ごされそうな地蔵堂があった。たしかに、勢いよく進んだら通り過ぎてしまいそうだ。

「着きました」

後棒の泰平が言った。

ほどなく駕籠が止まった。

中から番頭が下りる。

「ご苦労さま」

駕籠屋の労をねぎらうと、辰次は地蔵堂のほうへ歩み寄った。

駕籠を待たせたまま、地蔵堂をあらためると、文が見つかった。

中を開き、文を読む。

「……うっ」

思わず短い声がもれた。

重い間があった。

「駕籠屋さん」

駿河屋の番頭が振り向いて言った。

「はい、何でしょう」

松太郎が問うた。

「半町ほど前へ進んだところで待っていてください。すぐ行きますから」

いくらか妙な言葉が返ってきた。

駕籠かきたちは言われたとおりにした。

その駕籠を見送ると、辰次はまた地蔵堂のほうへ引き返していった。

八

地蔵堂である動きをすると、辰次は駕籠を追った。

「次は神田明神《みようじん》の本堂です」

駕籠のもとへたどり着く前に、駿河屋の番頭は大声で告げた。

その声は、ひそかに後をつけていた男の耳に届いた。

下っ引きの小六だ。

つなぎ役の男は「しめた」と思った。

一つ向こうの通りを、剣豪同心と鬼与力がそれぞれの配下の者とともに進んでいる。敵に悟られぬように、駕籠の尾行は小六だけにして、いざ動きがあればつなぐという段取りになっていた。

　提灯も持たず尾行をしていた小六は、わずかな月あかりを頼りに闇を走った。

　隣の通りに至り、しばし行きつ戻りつしていると、前におぼろげな人影が見えた。

「旦那」

　控えめに声をかける。

　月崎同心は気づいた。

「小六か」

　近づいてきた影に問う。

「へい。次は神田明神の本堂で。駿河屋の番頭の声が聞こえました」

　小六は口早に告げた。

「番頭が声に出してそう言ったのか」

　同心はなおも問うた。

「へい、はっきり聞きました」

　小六は闇の中で耳に手をやってから続けた。

「連雀町の地蔵堂の前で駕籠が止まったんで、そこに次の文が置いてあったんでしょう。出世不動、地蔵堂、神田明神の順で」

つなぎ役のもと猫又が指を折った。

「ならば、神田明神へ先廻りを」

長谷川与力が勇んで言った。

火盗改方の配下の者はいまにも走りだしそうな構えだ。

「待て」

月崎同心が制した。

「おかしいぞ」

剣豪同心はあごに手をやった。

「何がです？　陽之進どの」

鬼与力が切迫した声で問うた。

月崎同心はぐっと気を集めた。

ほどなく、ひとすじの光明が見えた。


そうだ。

わざと声に出して告げさせたのだ。

文にそういう指示があったはずだ。

とすれば……。

進むべき道が見えた。

「神田明神は囮《おとり》だ。地蔵堂へ戻れ」

丑三つ時の江戸の町に、剣豪同心の声が響いた。

第四章　奸計《かんけい》と捕り物

一

「急げ」

そう声を発するなり、月崎同心は駆けだした。

南町奉行所でも一、二を争う俊足だ。

「提灯《ちょうちん》に灯を」

長谷川与力が手下に命じた。

敵に悟られぬよう、これまでは深い闇の中を進んでいたが、ここからは灯が要ると判断したのだ。

「はっ」

段取りが進む。

連雀町の地蔵堂が近づいたとき、人の気配がした。

一人ではない。いくたりもいる。

「灯をかざせ」

月崎同心が命じた。

「はっ」

提灯がさっとかざされた。

闇の中に、黒装束の男たちの姿が浮かびあがった。

「ちっ」

一人が舌打ちをする。

「灯を増やせ」

月崎同心が命じた。

「へい」

小六がふところから提灯を取り出し、灯を入れる支度を始めた。

「火花の龍平だな」

長谷川与力が言った。

「うぬらが江戸に来ていることは分かっていた。神妙にせよ」

鬼与力の声が響いた。

「地蔵堂へ百両を置かせ、囮《おとり》の神田明神へ向かわせようとしたのであろう。うぬの企みはお見通しだぞ」

剣豪同心が言い放った。

「ええい、やってまえ」

しゃっ、と脇差を抜く音が響いた。

火花の龍平が抜刀したのだ。

「おう」

「江戸のやつらにやられてたまるか」

「やってまえ」

悪党の手下どもも刃物を振りかざした。

上方《かみがた》から来た悪党ゆえ、そちらのほうの訛《なま》りがある。

「われこそは南町奉行所同心、月崎陽之進なり」

剣豪同心は高らかに名乗りを挙げた。

「うぬらに江戸の富は一文たりとも与えぬ。神妙にせよ」

陽月流の達人が抜刀した。

二

丑三《うしみ》つ時の立ち回りが始まった。

「ぬんっ」

向こう見ずに斬《き》りかかってきた手下の剣をかわすと、月崎同心は素早く峰打ちにした。

かどわかされた駿河屋のあるじの居場所をつきとめ、その身を無事に取り戻さねばならない。むやみに斬って捨てるわけにはいかなかった。生け捕りにして、責め問いにかけ、居場所を聞き出さねばならない。

「御用だ」

「御用」

いつのまにか提灯が増えていた。

火盗、と震えあがるような字で記されている。

「かしらっ」

悪党の手下が叫んだ。

「おたおたすんな。斬ってまえ」

火花の龍平が命じた。

「あいつがかしらだ」

小六が指さした。

さほどの背丈ではなく、ずんぐりとした体つきの男だ。

「神妙にしろ」

鬼与力が気づいて近づいた。

抜刀し、じりっと間合いを詰める。

「かしらっ」

切迫した声が響いた。

火龍こと、火花の龍平の顔がゆがんだ。

そのふところには、百両の小判の包みが入っていた。

ずっしりと重い。

出世不動に文を置き、次は連雀町の地蔵堂へ行けと命じる。駕籠の動きを見張っている者がいることは織り込み済みだ。

地蔵堂には次の文を置く。

そこには、こう書いておく。

はなれたところでかごをまたせろ
地蔵のうらに金を置け
かごにもどってつげろ
大きな声を出して言へ
「次は神田明神の本堂だ」と
そのまま神田明神へいけ
　　　　火

これが火花の龍平の企みだった。

上方から来た知恵の廻る悪党は、こうして捕り方をだまそうとしたのだ。

しかし……。

月崎同心は見破った。

次に行くのが神田明神だということは、文に書いておいて駕籠かきに告げれば済むことだ。わざわざ離れたところから声に出して伝えることはない。

ここには奸計《かんけい》が潜んでいる。神田明神は囮だ。行ってはならない。

月崎同心はそう頭を巡らせた。

読みどおりだった。

百両をせしめて逃げようとした悪党の一味に首尾よく出くわした。

もう逃しはせぬ。

剣豪同心の総身に力がこもった。

三

片や、鬼与力は盗賊のかしらと相対していた。

「神妙にせよ」

間合いを詰める。

その後方で、「火盗」と記された提灯が揺れる。

「御用だ」

「御用」

火盗改方の精鋭が鋭い声を発した。

だが……。
名うての盗賊、火花の龍平はここで意想外な動きに出た。
ふところを探る。
取り出したのは匕首《あいくち》ではなかった。
小判の入った包みだった。
「持っていけ」
火花の龍平はそう言うなり、小判の封を次々に切り、あたりにぶちまけていった。
ちゃりん、ちゃりん……。
小判が触れ合う涼やかな音が響く。
人が思わず浮き足立つような音だ。
捕り方の心に隙《すき》が生まれた。
その一瞬の隙をついて、ふところが軽くなった盗賊は脱兎《だっと》のごとくに逃げ出した。
すさまじく速い逃げ足だ。
「待て」

長谷川与力は後を追おうとした。

「食らえっ」

手下が剣を振り下ろしてきた。

がしっと受け、押し返す。

体《たい》が離れたところで、袈裟懸《けさが》けに斬った。

なるたけ生け捕りにするつもりだったが、是非もない。

「ぎゃっ」

手下は悲鳴をあげてよろめいた。

「慈悲だ」

陰流の遣《つか》い手はとどめを刺した。

肺腑《はいふ》を深々とえぐる。

「ぐえっ」

おびただしい血を吐くと、手下は前のめりに倒れて息絶えた。

鬼与力は血ぶるいをした。

闇の芯を見る。

だが……。

そこにもう盗賊の姿はなかった。
火花の龍平は、闇に消えた。

四

黒装束の男たちのなかには、剣の腕に覚えがある者もいた。
闇の中でも敵の居場所を見極め、自在に操《あやつ》ることができる剣だ。
「うわっ」
叫び声をあげたのは、小六だった。
賊の一人が振るった剣に、右の二の腕のあたりを斬られてしまったのだ。
月崎同心が気づいた。
「下がっておれ」
そう言うなり、剣豪同心は前へ躍り出た。
敵は剣を上段から振り下ろしてきた。
膂力《りょりょく》にあふれる剣だ。
しかし……。

日頃から鍛錬している剣豪同心にとってみれば、受けることは容易だった。

がしっと受け、押し返す。

敵の足運びがわずかに乱れた。

剣は手で振るうのではない。足腰から振るう。

ほんのわずかな足の乱れが命取りになる。

「えいっ」

剣豪同心は鋭く斬りこんだ。

峰打ちにするまでの余裕はなかった。

必殺の剣を額に受けた敵には、もう反撃する余力は残っていなかった。

「ぬんっ」

袈裟懸けに斬る。

「ぐわっ」

敵はのけぞってうめいた。

すかさず、とどめを刺す。

心の臓を刺す。

「げふっ……」

最も腕に覚えのある敵は、最期の息を吐いて斃《たお》れた。

五

「退《ひ》けっ」

「逃げろっ」

切迫した声が響いた。

かしらがいち早く逃げ、用心棒格の男が斃れた一味は総崩れとなった。

「御用だ」

「御用」

町方と火盗改方の捕り方が勢いづく。

「ちっ」

「早《はよ》うせい」

賊は我先にと逃げ出した。

「生け捕りにしろ、平次」

月崎同心が長谷川与力に言った。

「承知で」

鬼与力がすぐさま動く。

「責め問いにかける。峰打ちにして縛れ」

陰流の遣い手が命じた。

「へいっ」

「合点で」

手下が勇んで動いた。

かしらの火花の龍平を筆頭に、いくたりかは捕り逃がしたが、おおむねお縄にすることができた。

「大丈夫か」

月崎同心は小六のもとへ歩み寄った。

「面目ねえ。やられちまって」

小六の顔がゆがんだ。

「見せてみろ」

同心は傷口をあらためた。

血は流れているが、命にかかわるほどではない。

月崎同心はすぐさま見切った。

「まずは血止めだ」

ふところから手拭《てぬぐ》いを取り出し、傷口の上をぎゅっと縛る。

「ううっ」

小六がうめいた。

「我慢しろ」

「へい」

下っ引きが唇をかんだ。

「血はこれで止まるだろう。神田には町方の御用達《ごようたし》の金瘡医《きんそうい》がいる。夜中にたたき起こして悪いが、治療をしてもらおう。足はどうだ」

月崎同心は問うた。

「平気でさ。歩けます」

小六は答えた。

「木挽町《こびきちょう》の役宅まで連れて行って、夜を徹して責め問いにかけます」

鬼与力が剣豪同心に告げた。

「おう、頼む。町方からも加勢を出す」

月崎同心が言った。

「頼みます」

長谷川与力が答えた。

かくして、段取りが整った。

六

小六の傷の手当ては滞《とどこお》りなく進んだ。

金瘡医に後を託すと、月崎同心は火盗改方の役宅へ急いだ。

町方と火盗改方は縄張りが重なるため、これまではむやみに張り合うところがあった。もめごともしばしば起きた。

しかし、剣豪同心と鬼与力がそれぞれで重きを置かれるようになってからは、ともに助け合って悪に立ち向かうという体制ができてきた。

町方も火盗改方も、江戸屋の出前の上得意だ。同じ釜の飯を食った仲間とも言える。

このたびも臨機応変の立ち回りで、まずは火盗改方の役宅で吟味《ぎんみ》と責め問いを始め、町方の月崎同心が手下とともに駆けつけるという段取りになった。

「言わぬと痛い目に遭《あ》うぞ」

役宅の庭に入るなり、長谷川与力の声が響いてきた。

いままさに責め問いが始まったところらしい。

ぴしっ、と鞭《むち》の音が響く。

後ろ手に縛られた下帯《したおび》一丁の賊の体に、容赦《ようしゃ》なく鋭い鞭がくれられる。

小判をばらまいていち早く逃走した火花の龍平のねぐらはどこにあるのか、一刻も早く突き止めねばならない。かどわかされた駿河屋のあるじもそこにいるのか、そもそも無事なのか。

「ねぐらはどこだ。言え」

鬼与力の責め問いが続く。

一睡もしていないのに、疲れ知らずだ。

「団子坂の近くではないのか」

月崎同心が問うた。

盗まれた江戸屋の駕籠が捨てられていたのは、団子坂の近くだった。そこから当て身でも食らわせて運んだとすれば、ねぐらはそう離れたところではないだろう。

「知らねえ」

賊は虚勢を張った。

「言わぬのなら、是非もない」

長谷川与力の口調が変わった。

「あまり残酷なことはしたくないのだが、石を抱いてもらうしかあるまい」

鬼与力があごを軽くなでた。

「い、石を？」

賊の顔に恐れの色が浮かんだ。

「ただの石ではないぞ。……運べ」

鬼与力は命じた。

「はっ」

三人がかりで運ばれてきたのは、途方もなく大きな石だった。

これを正座した賊の太腿に載せる。耐えがたい痛みが続き、やがて脚は役立たずになって苦悶《くもん》のうちに死に至る。責め問いのなかでもひときわ恐ろしい刑罰だ。名うての悪党も、石を見ただけでふるえあがる。

「置け」

長谷川与力は無慈悲に言った。

手下の手が動く。

「……ま、待ってくれ」

賊はあわてて言った。

その顔は、恐れで真っ白になっていた。

「言うか」

鬼与力が詰め寄る。

「ああ、言う」

賊は観念した。

「どこだ」

今度は月崎同心が問うた。

「谷中《やなか》の無住の寺だ。名は法応寺《ほうおうじ》」

その答えを聞いて、剣豪同心の瞳にたしかな光が宿った。

七

東の空が白んできた。

夜明けは近い。

「急げ」

月崎同心は先頭に立って駆けた。

「はっ」

捕り方が続く。

団子坂下から三崎坂《さんさきざか》のほうへ曲がり、しばらく上る。そこからいささか分かりにくい道になるが、江戸じゅうを廻っている月崎同心には土地鑑があった。迷うことなく進む。

「あの寺だ」

月崎同心はおぼろげに浮かんだ甍《いらか》を指さした。

「踏みこむぞ」

剣豪同心の声に力がこもった。

「へいっ」

「承知で」

捕り方の声がそろった。

だが……。

勇んで踏みこんだが、火花の龍平の姿はなかった。

駿河屋の源右衛門もいない。

「竈《かまど》には使った跡があります。昨日の晩まではいたはずで」

手下が伝えた。

「そうか。念のために隠し部屋を探せ」

月崎同心は命じた。

「はっ」

手下と手分けして、寺じゅうを検分した。

しかし、かしらも駿河屋も姿が見えなかった。

盗賊のねぐらだった寺は、もぬけの殻《から》になっていた。

第五章　謎の行徳船《ぎょうとくぶね》

一

「やれやれ、ここから立て直しや」

火花の龍平がそう言って湯呑みに手を伸ばした。

「かしらの備えが役に立ちましたな」

付き従っていた手下が言った。

「しくじったときのことも思案して、ねぐらの移り先を押さえてあったさかいにな」

上方《かみがた》から来た盗賊は、いくらか苦そうに茶を呑んだ。

ここは根津《ねづ》権現《ごんげん》の門前町――。

その外れに、見世《みせ》じまいをしたとおぼしい小間物屋があった。

のれんは出ていないし、あきない物も見世には見当たらない。にもかかわらず、中にはいくたりも人がいた。

「もうちょっとで百両せしめられたんですがなあ」

手下が残念そうに言った。

「死んだ子の年を数えてもしゃあない」

火花の龍平はぴしゃりと言った。

「まだ打ち出の小槌《こづち》はおりますさかいにな」

べつの手下がにやりと笑った。

「狭いとこに押しこめて気の毒やが、駿河屋は隠し女をつくっててええ目をしてたんやからな。まあ、自業自得や」

かしらの言葉に、手下たちは追従笑《ついしょう》いで応えた。

見世じまいをした小間物屋の裏手には蔵に近い構えの物置があった。かどわかした駿河屋のあるじは谷中の無住の寺からここまで駕籠《かご》に乗せて運んだ。

駕籠は最も簡素な四つ手駕籠だ。同じ江戸屋を狙ったら足がつくから、べつの駕籠屋から盗んできた。

むろん、担ぐのは駕籠屋ではない。手下たちがにわか駕籠屋に変じ、大急ぎで谷中から根津まで運んできた。

「そのうち出番も来ますやろ」

「なるたけ沢山身代金《ようけ》をせしめんと」

手下たちが言った。

「それはもう思案してある」

火花の龍平は残りの茶を呑み干した。

段取りがまとまるまでは茶で、話が決まったら酒だ。

「今度こそでんな」

悪相の手下の顔がゆがんだ。

「そや。駿河屋から取れるだけ取ったら、人質はもう用なしや。簀巻《すま》きにして大川《おおかわ》へ沈めたったらええ」

火花の龍平は平然とうそぶいた。

「で、次はどんな手で？」

手下がたずねた。

「われながら名案や。まあ聞け」

上方から来た盗賊は、いくらか身を乗り出して話しはじめた。

二

その日の七つ（午後四時）ごろ——。

飯屋の江戸屋ののれんを、十手《じって》持ちとその子分がくぐった。

「まあ、その腕は？」

おかみのおはながが小六を見て目を瞠《みは》った。

「ちょいと立ち回りで怪我しちまって」

小六が苦笑いを浮かべた。

右腕には念入りに布巻きがなされている。ひじをくの字に曲げたまま固定されているから、いささか難儀そうだ。

「月崎の旦那《だんな》の捕り物で？」

仁次郎が訊《き》いた。

詳しいいきさつなどは知らないが、おおよそは兄の甚太郎から聞いている。

「まあそんなとこで」

小六はぼかして答えた。

捕り物のくわしいことはむやみに人に言うなとクギを刺されているから、下っ引きはあいまいな返事をしたのだった。

そろそろのれんをしまう頃だが、見世の隅のほうでは江戸屋の駕籠かきたちがおはると義助の相手をしながら呑んでいた。きょうだいが寺子屋から戻ったあとは、朋輩《ほうばい》とともに表で遊ぶこともあるが、こうして客が相手をしてくれるときも多い。

「取り直しになっちまったみたいでな」

閂《かんぬき》の大五郎が相撲の柏手《かしわで》を打つしぐさをした。

「次は頼んます」

小六が言った。

「わしは小回りが利かぬからな。力勝負になればいいんだが」

大五郎親分が腕を撫《ぶ》した。

ここで料理ができた。

「はい、これを食べて精をつけてくださいましな」

おはなが小六のもとへ運んでいったのは、鰹《かつお》の竜田《たつた》揚《あ》げだった。

「なら、左でゆっくり食わせてもらいまさ」

小六が苦笑いに近い笑みを浮かべた。

「親分さんにはご飯もつけましょうか」

おはなが水を向ける。

「おお、くんな。この揚げ物の匂いだけで食えそうだ」

大五郎は迷わず答えた。

「おいらの分もできるかい」

「そりゃ食わねえとな」

わらべたちの相手をしていた駕籠かきたちが手を挙げた。

「いまつくりますんで」

厨《くりや》から修業中の吉平が答えた。

つけ汁にしっかりつけて味をなじませておくのが骨法《こつぽう》だ。醬油に酒、そこにみじん切りの長葱《ながねぎ》とおろし生姜《しょうが》を加えれば風味が豊かになる。

もう一つの勘どころは、衣を厚くすることだ。鰹の切り身が見え隠れするほどの厚みにすると、食べごたえが出てうまい。

「こりゃ飯をつけて良かったな」

門の大五郎はそう言うと、また小気味よく箸《はし》を動かした。

「ああ、生き返るな」

小六が感慨深げに言う。

「下手《へた》すりゃ、おまえがこんな切り身みてえになってたんだからな」

十手持ちが言う。

「生きてりゃこその味ですな」

小六はしみじみと答えた。

「まだ捕り物が終わったわけじゃないんで、気張ってくださいましな」

あるじの仁次郎が言った。

「そのうち、つなぎくらいなら」

と、小六。

「足は無傷だからな。……それにしてもうめえ」

大五郎親分は竜田揚げを載せた飯をまたわしわしとほおばった。

三

その晩――。

駿河屋が戸締まりをしていくらか経った頃合いに、表で異な音が響いた。

「いま変な音がしたけど」

胸さわぎを覚えたおかみは、番頭の辰次に告げた。

「手前が見てまいります」

番頭は裏口から出て様子をうかがった。

「こ、これは……」

辰次は目を瞠った。

大戸に一本の矢が突き刺さっていた。

白いものが結びつけられている。

文《ふみ》だ。

番頭はあわてて矢を引き抜き、裏口へ急いだ。

「大変でございます、大変でございます」

辰次は血相を変えて駿河屋へ飛びこんだ。

「どうしました」

おかみが訊いた。

「文を結んだ矢が……」

番頭は手をふるわせながらおかみに渡した。

「賊が、また」

おかみが息を呑んだ。

「とにかく、中をあらためてみましょう」

番頭が我に返ったように言った。

文にはこう記されていた。

あすの午《ひる》
百両をもつて行徳船《ぎょうとくぶね》にのれ
行徳の常夜燈に
つぎの文がある
だれにもいふな
火

四

翌日——。

江戸屋は朝からあわただしかった。

飯屋のほうはいつものことだ。朝餉《あさげ》をかきこんでからつとめに出る早番の駕籠かきたちに加えて、近くの河岸で働く男たちもやって来るから活気に満ちる。

今日の朝餉は、鯵《あじ》の塩焼きに具だくさんのけんちん汁、それに青菜のお浸しと奴豆腐《やっこどうふ》と香の物がつく。飯をかきこむ箸が進む膳立てだ。

見世には胡麻油《ごまあぶら》のいい香りが漂っていた。里芋《さといも》、豆腐、蒟蒻《こんにゃく》、葱など、たくさんの具を胡麻油で炒めてけんちん汁にする。汁にそこはかとなく漂う香りがさらに食欲をそそってくれる。

一方、駕籠屋の江戸屋のほうには張りつめた気が漂っていた。

「おう、頼むぞ」

姿を現した門の大五郎に向かって、月崎同心が言った。

「へい、承知で。小六は養生《ようじょう》があるので休ませましたが」

十手持ちが答えた。

「そりゃ、無理しねえほうがいい」

月崎同心が言った。

「今度は親分さんの出番で」

あるじの甚太郎が笑みを浮かべた。

「しくじらねえようにしねえと。二十四人乗りの行徳船で二人分の幅を取って相済まねえことだが」

もと相撲取りの十手持ちが言った。

「二人分の働きをしてくれりゃいいさ」

月崎同心がそう言ったとき、表で人の気配がした。

「遅くなりました」

あわただしく入ってきたのは、火盗改方の長谷川平次与力と手下たちだった。

「おう、今日こそ力を合わせて火花の龍平を召し捕ろうぜ、平次」

剣豪同心が拳を握った。

「今日こそですね、陽之進どの」

鬼与力が応じる。

「なら、上がって軍議を」

甚太郎が水を向けた。

「そうしよう」

月崎同心がさっそく動いた。

「御免」

長谷川与力も続く。

ほどなく、江戸屋の座敷で軍議めいたものが始まった。

五

「行徳なら、わが配下の者に先廻りさせましょう。向こうで捕り物があることを想定してかかり、入念に網を張っておけば取り逃がすことはないかと」

長谷川与力が言った。

「たしかに、次は行徳の常夜燈に文を置くと書いてあるからな」

月崎同心が腕組みをした。

「何か気になることでも?」

甚太郎の目つきがいくらか鋭くなった。

「しっかり読みを入れねえとな」

月崎同心は、山吹色の双六《すごろく》の駒のようなものがいくつか置かれた切絵図にちらりと目をやった。

「敵はどういう企みで？」

門の大五郎が少し身を乗り出した。

「人のやることってのは、幅がありそうで存外になかったりするもんだ」

同心はやや迂遠《うえん》な答え方をすると、おかみのおふさが出した湯呑みの茶をいくぶん目を細くして啜《すす》った。

「そうすると、前と似たような手を使ってくると？」

長谷川与力が問うた。

「読むな、平次」

月崎同心はにやりと笑った。

「前の捕り物では、最後の神田明神は囮《おとり》だった。幸い、そこに至る前に気づいたから、百両だけは取り戻せたが」

月崎同心はそう言うと、また茶でのどをうるおした。

「すると、このたびも」

鬼与力の声が少し低くなった。

「行徳の常夜燈まで何もねえと思ったら大間違いかもしれねえ」

剣豪同心が答えた。

「すると、おいらの出番で？」

大五郎親分がおのれの分厚い胸を指さした。

「おう、手下の弔《とむら》い合戦だ」

と、同心。

「それじゃ、小六が死んじまったみてえで」

十手持ちがすかさず言ったから、座敷にわずかに笑いがわいた。

「まあとにかく」

月崎同心は残りの茶を呑み干すと、一つ座り直して続けた。

「駿河屋の番頭にしっかり張りついて、目を光らせておいてくれ。ことに……」

月崎同心は切絵図を手で示した。

駒が置かれている江戸の町の切絵図ではなかった。

遠くまで駕籠の客を運ぶときに備えて、江戸屋には近郊も載っている図も抜かりなく備えてあった。

その図には、行徳へ至る水路も含まれていた。

「このあたりが怪しいな」

月崎同心が指さした。

「なるほど」

長谷川与力がうなずく。

「しっかり目を光らせてまさ」

十手持ちがおのれの目を指さした。

六

明け六つから暮れ六つまで、行徳船は小網町《こあみちょう》の行徳河岸《がし》と本行徳のあいだを行き来している。二十四人乗りで、船頭が一人で竿《さお》を操《あやつ》る。

もとは塩などの物資だけを運んでいたのだが、のちに人も乗せるようになった。

行徳船は何十隻もあるから、おおむね決まった時に出る。その日の午の便もしだいに客で埋まってきた。

ふっ、と一つ息をついて、駿河屋の番頭の辰次が乗りこんだ。そのふところには百両の大金が入っている。

「お詰めくださいまし」

船頭が声をかけた。

「ここでいいや」

そうひと声発して、幅のある大男が腰を下ろした。

門の大五郎だ。

その近くに、町方の捕り方も素知らぬ顔で座る。月崎同心が信頼している手下だ。

あきんど風の男に、物見遊山《ものみゆさん》に行くとおぼしい者たち。浪人者とおぼしい悪相の武家。さまざまな客が乗りこむ。

「お急ぎくださいまし。まもなく出ます」

船頭が声を張りあげた。

「ちょいと待ってくんな」

「すまねえ」

男が二人、急いで乗りこんできた。

どういう客が乗っているか、辰次は不安げに見回していた。行徳の常夜燈に次の文が置かれているということだが、船の中で何も起こらぬと決まったわけではない。

「では、午の便、行徳へ出発します」

船頭が告げた。

「頼むぜ」

大五郎親分がひと声かけた。

「へーい」

いい声で答えると、船頭はおもむろに竿を操りはじめた。

七

月崎同心は番所橋《ばんしょばし》の上にいた。

日本橋小網町の行徳河岸を出た船は、小名木川《おなぎがわ》を進み、中川《なかがわ》の船番所を通って行徳へ向かう。その小名木川に架かる最後の橋が番所橋だ。

「来たな」

剣豪同心は行く手を指さした。

町方の手下の顔が引き締まる。

行徳の常夜燈に次の文が置かれている。だれしもがそこから百両を争奪するいくさが始まると思う。

だが……。

火花の龍平はなかなかの知恵者《ちえしゃ》だ。行徳から幕が開くと思わせておいて、行徳船の中で奪いにかかるのではないか。

月崎同心はそう読んだ。

前回の神田明神も囮だった。その前の連雀町の地蔵堂で危うく百両を奪われるところだった。

人が思案することには、おのずと癖が出る。このたびも、行徳の常夜燈は囮で、行徳船の中で奪いにかかるのではなかろうか。

とすれば……。

たとえほうぼうに手下を配して周到に目を光らせていても、見ることができないところがある。

橋の下だ。

行徳船が橋をくぐるわずかなあいだに、賊は百両を奪いにかかるのではないか。

月崎同心はそう考えた。

切絵図を入念にたしかめたところ、怪しい橋が見つかった。

船番所の手前にある番所橋だ。

ここを過ぎると、本行徳までずっと川ばかりになる。敵が動くとすれば、ここしかあるまい。

剣豪同心は船をにらんだ。

駿河屋の番頭は身を固くしている。

十手持ちが同心に気づいた。

さっと右手を挙げる。月崎同心も右手を挙げて応えた。

船の姿が橋の下に消えた。

声は響かない。

急いで反対側へ進む。

ほどなく、行徳船が姿を現した。

番頭の様子に変わりはなかった。船内はいたって平穏だった。

月崎同心の読みは外れた。

八

長谷川与力は行徳に先廻りしていた。

手下とともに常夜燈の近くで見張る。

「文はもう置かれているかもしれぬな」

鬼与力が手下に言った。

「いまから置きに来てくれれば網にかかるんですが」

と、手下。

「そこまで間抜けな賊ではあるまい。まだ夜の明けぬうちから支度をしているはずだ」

長谷川与力は言った。

ややあって、駿河屋の番頭が姿を現した。

「来たぞ」

鬼与力は手下とともに物陰に身を隠した。

周りの様子をうかがうと、駿河屋の番頭は常夜燈の裏のほうをあらためた。

風で飛ばないように、紐《ひも》でくくりつけられていたものがあった。

文だ。

「見つけたようだ」

長谷川与力が言った。

「文ですね」

手下が言う。

番頭は文を開き、中をあらためた。

驚いた様子で読む。

その手がふるえていることが遠くからでも分かった。

次の指示を読み終えると、辰次は文をふところに入れて歩きだした。

持参した百両の包みは出さなかった。出番はまだ先のようだ。

「行くぞ」

長谷川与力が小声で告げた。

「承知で」

手下が続く。

あまり近づきすぎると、番頭の様子をうかがっている敵に悟られてしまうかもしれない。目には自信があるから、相当離れていても見失うことはない。かなりの間合いを保って、長谷川与力は番頭の後をつけた。

盗賊が置いた文の指示に従って、駿河屋の番頭は動いている。果たして次に向かうのはどこか。

そう注視しながら進んでいた鬼与力の表情が変わった。

百両をふところに入れた辰次が向かったのは、意外な場所だった。

それは、行徳船の船着き場だった。

九

「急げ」

駿河屋の番頭が船に乗りこむなり、鋭い声が飛んだ。

頬被りで面体《めんてい》を隠しているその男は、火花の龍平だった。

「へい」

船頭がすかさず竿を動かした。

一見すると帰りの行徳船のようだが、いささかいぶかしいことに積み荷が乏しかった。申し訳程度の物は積まれているが、いやに少ない。

乗っている客も妙だった。あきんどらしいなりの男といえば、駿河屋の番頭くらいだ。人相の悪い男たちばかりだ。

それは行徳船ではなかった。そのふりをしているだけだった。乗客は盗賊とその手下たちだった。

もともと、火花の龍平は船を巧みに使う盗賊だ。ここでも知恵を巡らせた。江戸の行徳河岸に偽《にせ》の船を待機させていたのでは、さすがに目立ちすぎる。そこで、駿河屋の番頭は普通の便に乗せて行徳へ至らせ、常夜燈の文で河岸へ戻らせる。そこで待ち受けていた盗賊の船に乗せてしまえばこちらのものだ。

番頭が乗りこむなり、すぐさま船は動いた。

岸を離れ、上流へ向かっていく。

「よし、うまいことといったな」

盗賊のかしらは会心の笑みを浮かべた。

「さすがはかしらで」

「知恵が回りますさかいに」

手下たちがお追従を言う。

「なら、後生大事に運んできてくれたものを今度こそいただくで」

火花の龍平は手を伸ばした。

「は、はい……」

辰次はふところから包みを取り出した。

「わいがあらためたる」

盗賊が手を伸ばし、検分を始めた。

包みの中身が間違いなく百両の大枚であることをたしかめると、火花の龍平はしてやったりの笑みを浮かべた。

十

「しまった」

長谷川与力の顔がゆがんだ。

駿河屋の番頭の動きには手下とともに目を光らせていたのだが、敵が一枚上手《うわて》だった。

盗賊のものと思われる船は、鬼与力たちが船着き場に着いたときにはもう岸を離れていた。

間合いを置いて後をつけていたのが仇《あだ》となるかたちになってしまった。敵の動きは素早かった。

「追え」

与力は手下たちに命じた。

「はっ」

手下の一人が勢いこんで走りだす。

「待て。敵に気取《けど》られるな」

長谷川与力はクギを刺した。

「はっ」

手下はいくらか足をゆるめた。

「つかず離れずだ。追えるところまで追って、船を乗り捨てて陸《おか》に上がったところで召し捕る」

鬼与力が言った。

「承知で」

「見失わないようにします」

いい声が返ってきた。

船を追って川筋を進んでいるうち、向こうから駆けてくる者たちが目にとまった。

「あれは?」

長谷川与力は目を瞠った。

相手も気づいた。

向こうから駆けてきたのは、月崎同心だった。

「おう、平次。どうなった」

月崎同心が口早に問うた。

「番頭が船に乗せられました。あれで」

長谷川与力はだいぶ小さくなった盗賊の船を指さした。

「分かった。追おう」

剣豪同心はきびすを返した。

ともに追いながら、鬼与力に子細を伝えた。

番所橋をくぐるときに百両を奪いにかかるという同心の読みは、当てが外れたかたちになってしまった。駿河屋の番頭を乗せた行徳船はそのまま中川の船番所を通り、行徳へ向かった。

「渡しに手間取ってな。あわててここまで駆けてきた」

さすがの月崎同心も少し息を切らしていた。

船番所を経て行徳に至るまでには、今井《いまい》の渡しを通らねばならない。

「とにもかくにも、落ち合えて良かったです」

足を動かしながら、長谷川与力が言った。

「江戸へ向かうはずはねえな。船番所があるから」

月崎同心が言った。

「川を遡《さかのぼ》って、いい頃合いのところで陸へ上がるという算段でしょう」

と、鬼与力。

「ねぐらもこしらえてあるかもしれねえな」

剣豪同心が言った。

「用意周到な盗賊ですからな、火花の龍平は」

鬼与力が憎らしげに言った。

ややあって、渡しが近づいてきた。

行徳船なら、渡しと同じ向きへ曲がり、船番所のほうへ進んでいく。

だが……。

剣豪同心と鬼与力が追っている船は違った。

盗賊どもの船は、そのまま川を遡っていった。

第六章　葛西《かさい》の捕り物

一

偽《にせ》の行徳船は、その後も川を遡上《そじょう》した。

やがて、村の外れに、申し訳程度の船着き場が見えてきた。朝は畑の作物を船に運び入れたりするが、いまは人影がない。

「おまはんの役目もあと少しや」

火花の龍平が駿河屋の番頭に言った。

「すると、お店《たな》に帰していただけるんで？」

辰次の瞳に望みの光が宿った。

「それはどやろな」

盗賊のかしらが嫌な笑みを浮かべた。

船着き場が近づいた。

「あそこにぽつんと家があるやろ」

火花の龍平が指さした。

番頭がこくりとうなずく。

「あれは無住の家や。存外にちゃんとしたつくりで、梁《はり》もしっかりしてるねん。首吊るにはちょうどええで」

盗賊がそう言うと、手下たちが下卑《げび》た笑い声を発した。

「く、首を……」

望みの光は消え、代わりに恐れの色が浮かんだ。

「おまえは百両を盗《と》られたことを気に病んで、首くくるねん。哀れなこっちゃ」

火花の龍平はわざと哀れむような表情をつくった。

「わいらが手伝《てつど》うたるさかいに」

「心配せんといてや」

手下たちが声をかける。

辰次は首を横に振った。

「よっしゃ、着きましたで」

船頭の声が響いた。

ほどなく、偽の行徳船の動きが止まった。

二

「お、お助けを……お慈悲を」

駿河屋の番頭は哀願した。

いままさに無住の家へ引き立てられていくところだ。

「助けみたいなもん、来るかいな」

盗賊は鼻で嗤《わら》った。

葛西《かさい》の草深い田舎だ。船着き場の周りに人影はない。

「よっしゃ、こっちへ来い」

「首に縄かけたる」

手下たちが番頭を引きずっていく。

「お慈悲を……お慈悲を……」

辰次は泣きながら訴えた。

「念仏くらいは唱えたるさかいに」

火花の龍平が無慈悲に言った。

「わいらは盗賊やで」

「情けをかけたりするかいな、あほ」

手下たちが小馬鹿にするように言った。

無住の家が近づいた。

「ここが終《つい》の棲《す》み処《か》やな」

盗賊のかしらが言った。

「良かったな、番頭はん。終《しま》いに家もろて」

「ええ家や」

手下の一人が無住の家を指さした。

そして、引き立てるように辰次を家の中へ入れようとしたとき、川の下流のほうからいくたりもの人影が現れた。

土手をわらわらと駆けてくる。

「待て」

そのうちの一人が鋭い声を発した。

「番頭を放せ」

もう一人が続く。

助けに現れたのは、剣豪同心と鬼与力だった。

三

「ちっ」

火花の龍平は大きな舌打ちをした。

「人質や。逃がさんようにせえ」

かしらは手下に命じた。

「へい」

手下の一人が匕首《あいくち》を抜き、番頭ののど元に突きつけた。

「寄るな」

火花の龍平は捕り方に言った。

町方の月崎陽之進同心と、火盗改方の長谷川平次与力。それぞれに手下がいくたりかいるが、盗賊のほうが数は多い。

「放せ」

月崎同心がにらみを利かせた。

「邪魔すんな」

盗賊のかしらが一喝《いっかつ》した。

「おい」

長谷川与力が手下を見た。

「はっ」

一人の手下がいくらか横に動いた。

「手ェ出したら、人質の命はないぞ。どかんかい」

火花の龍平の声が高くなった。

「船へ戻ります？　かしら」

手下が問うた。

「そやな。そこで始末してから逃げるつもりやったんやが、邪魔が入ってしもた。

こうなったら人質を盾《たて》に船で逃げたる」

船を使うことに長《た》けた盗賊が言った。

「しっかり歩け」

辰次に匕首を突きつけた男が急《せ》きたてた。

番頭がよろめきながら進む。

船着き場まであと少しのところまで来た。

このまま船に乗せてしまったら、長蛇《ちょうだ》を逸《いっ》してしまう。

月崎同心は長谷川与力のほうを見た。

与力が手下に目配せをする。

阿吽《あうん》の呼吸だ。

火盗改方の捕り物は、町方より荒っぽい。捕り方のなかには、いざというときに備えて飛び道具を操《あやつ》れる者もいた。

その一人が、鍛えの入った技を繰り出した。

「ぎゃっ」

駿河屋の番頭に匕首を突きつけていた手下がのけぞった。

その額に、深々と突き刺さっているものがあった。

手裏剣《しゅりけん》だ。

「うわあああっ」

手下をはねのけ、番頭が逃げ出した。

「こっちだ」

そう叫ぶなり、剣豪同心が前へ踏みこんだ。

「人質を助けよ」

鬼与力も手下に命じる。

「えーい、やってまえ」

火花の龍平が大音声《だいおんじょう》を発した。

葛西の船着き場の近くで、激しい攻防戦が始まった。

四

「ぬんっ」

剣豪同心の剣が一閃《いっせん》した。

逃げ出した駿河屋の番頭を追おうとした手下に向かって、必殺の剣を繰り出す。

陽月流の遣《つか》い手の剣は、敵の首を物の見事に刎《は》ねた。

ぱっと血が噴き出し、宙に舞った首が草むらに落ちる。

峰打ちにして生け捕りにするべきところだが、是非もない。

「た、助けて……」

息をあえがせながら、辰次が駆け寄ってきた。

「かくまっておれ」

月崎同心は手下に命じた。

「はっ」

小気味いい声が返ってきた。

人質として盾になりかけた駿河屋の番頭は、無事、町方の者たちが保護した。

あとは捕り物だ。

「召し捕れ」

鬼与力が気の入った声を発した。

「御用だ」

「御用」

火盗改方の精鋭が迫る。

「先生っ」

盗賊のかしらが声を発した。

「おう」

目に光のある偉丈夫《いじょうふ》が抜刀する。

盗賊の一味のなかで、その男だけが異彩を放っていた。

火花の龍平が金で雇った用心棒だ。

「われこそは、天下無双、丸流開祖《がんりゅう》、丸山円斎《まるやまえんさい》なり。いざ」

名乗りを挙げた用心棒が剣を構えた。

「頼みます、陽之進どの」

長谷川与力はそう言うと、斬《き》りこんできた敵の剣を払った。

ほかにもいくたりかが立ち回りの最中だった。かしらの動きにも目を光らせていなければならない。敵が頼みとする用心棒とは、月崎同心が戦うしかなかった。

「心得た」

剣豪同心は剣を構えた。

「われこそは、柳生新陰流免許皆伝、人呼んで陽月流、南町奉行所隠密廻り同心、月崎陽之進なり。盗賊に金で買われし外道《げどう》め、覚悟せよ」

月崎同心はまず言葉で斬りこんだ。

「言うたな」

そう言うなり、丸山円斎は剣を動かした。

ただし、その動きはいささか面妖《めんよう》だった。

火龍に雇われた用心棒の剣先は、小さな円を描いていた。

五

「ふふふ、ふふふふ……」

丸山円斎は低く笑った。

月崎同心は瞬《まばた》きをした。

小さな円を描く敵の剣先から光が放たれたように見えたのだ。

「ふふふ、ふふふふ……」

丸流の剣士が笑う。

剣先で描かれる円がいくらか大きくなったかと思うと、相対していた敵の姿がやにわに変容した。

急に縮み、円の中に隠れてしまったのだ。

円だけが残った。

ゆっくりと回転する円だ。

こ、これは……。


月崎同心は目を瞠《みは》った。

いままであまたの敵と戦ってきたが、こんなことは初めてだった。

戦おうにも、敵が見えない。

「ふふふ、ふふふふ……」

笑い声が高まった。

「陽月流、敗れたり」

丸山円斎は勝ち誇ったように言った。

その刹那《せつな》、月崎同心は我に返った。


そうだ。

おれは陽月流だ。

陽《ひ》の裏側では月が、月の裏側では陽が動く。

その動きをおれは読める。

その真実に思い当たったとき、敵の動きが見えた。
鋭く放たれてきたものがあった。
剣だ。
秘めたる円の中から、弾丸のごとくに放たれてきた剣。
その剣先が見えた。
「ていっ」
すんでのところで身をかわすと、剣豪同心は敵の剣を鋭く払った。
まさに間一髪《かんいっぱつ》だった。
背筋を冷たい汗が伝った。
丸山円斎の顔がゆがんだ。
敵が操るのは、ある意味では一刀流《いっとうりゅう》に近い剣法だった。
一刀流は初太刀《しょだち》に渾身《こんしん》の力をこめる。
おのれの身と心、すべての重みを乗せて振り下ろす一刀両断の剣だ。
片や、丸流は妖剣だ。
剣先で円を描き、その後ろにおのれの存在を隠す。

敵の目から見えなくなってしまえばしめたものだ。
一撃必殺の剣で斃《たお》すことができる。
しかし……。
陽月流の遣い手は気づいた。
必殺の初太刀はかわされてしまった。
「食らえっ」
円斎は斬りこんだ。
がしっ、と月崎同心が受ける。
火花が散る。
ここからはもう妖術は通じない。
間合いを取れれば、また剣先で円を描き、相手の心を操ることもできる。
だが……。
剣豪同心は見切っていた。
敵を休ませず、間合いを取らせず、次々に踏みこんでいった。
ほどなく円斎の息が上がってきた。
足元がもつれる。

「うわっ」

石につまずいた丸流の遣い手の体がぐらりと揺れた。

そのままあお向けに倒れる。

道場なら、「それまで」という声がかかるところだが、ここは違う。

窮地に陥っても、助けは来ない。

剣豪同心は前へ踏みこんだ。

ぐさっ、と剣を突き刺す。

それは妖剣の遣い手の心の臓を深々とえぐった。

「ぐえええええええっ」

丸山円斎は断末魔の悲鳴をあげた。

そして、おびただしい量の血を吐き、いくたびか身を震わせて死んだ。

六

「おお、間に合った」

大きな声が響いた。

捕り物の場に遅ればせに姿を現したのは、閂《かんぬき》の大五郎だった。

行徳船の中で捕り物になれば、客にまぎれこんでいた十手《じって》持ちの出番だったが、案に相違した。行徳に着いたあと、長谷川与力の火盗改方の捕り方にいったん合流したのだが、なにぶんもと相撲取りで走るのは得手ではない。どんどん離されて見えなくなってしまった。

それでも、せっかく来たのだから引き返すわけにはいかない。粘り強く上流へ進んでいたところ、まだ捕り物が続いていた。

見るなり、俄然《がぜん》力がわいてきた。

「よし」

額の汗を手で拭《ぬぐ》うと、大五郎親分は捕り物に加わった。

「どけっ」

船着き場のほうへ逃げようとした手下が長脇差を振りかざした。

閂の大五郎が突進する。

刃《やいば》より先に、もと力士の張り手が炸裂した。

ばしーん、と大きな音が響く。

続いて左手でのど輪を食らわせた。

たまらず手下が倒れる。
その腹を力まかせに踏みつけると、手下はつぶされた蛙《かえる》のような声を発して伸びた。
「野郎っ」
もう一人の手下が襲ってきた。
これにも張り手を見舞う。
ひるんだところで手首をねじりあげて刃物を落とし、がしっと両の腕《かいな》をきめる。
「ぐわっ」
手下が悲鳴をあげた。
もと力士が渾身の力をこめて振り回すと、両ひじの骨がぼきぼきと折れた。
さらにきめ倒し、顔面を踏みつける。馬乗りになって続けざまに顔を張る。
手下は顔を真っ赤に腫《は》らして気を失った。
次の敵は背後から来た。
気配を察した大五郎は、とっさに背負い投げを見せた。
斬りかかってきた敵がもんどりうって倒れる。
十手持ちは間合いを詰め、剣をたたき落とすと、外四つのかたちに組んだ。

「ぐわわわっ」

またしても悲鳴が響いた。

もと大門の得意技、さばおりが決まったのだ。

力まかせに引きつけると、背骨がばきばきと音を立てて折れた。

たまらずひざをつく。

十手持ちは最後にまた張り手を見舞った。

手下は悲鳴もあげず、あお向けに倒れて気を失った。

七

「退《ひ》けっ」

火花の龍平が叫んだ。

我先にと船着き場へ向かう。

「待て」

その前に、鬼与力が立ちはだかった。

「京大坂を荒らした末に江戸で荒稼ぎを目論《もくろ》んだ盗賊、火花の龍平。うぬの命運はここで尽きたぞ」

長谷川与力はひときわ目立つ朱房《しゅぶさ》のついた十手をかざした。

「御用だ」

「御用」

捕り方も構える。

「ええい、やかましいわい」

盗賊のかしらはやにわに斬りかかった。

だが……。

捕り方は多い。すべてを斬り伏せて逃げるのはなかなかに難しそうだった。

しかも、盗賊のかしらにとっては意想外なことが起きた。

「あ、何してんねん」

手下がいくたりか、かしらが捕り方に相対している隙を突いて船に向かったのだ。

かしらを見捨てて、おのれだけ逃げるつもりだ。

「火花の龍平、観念せよ」

丸山円斎を斃した月崎同心も加勢した。

「どけっ」

火花の龍平が剣を横ざまに振るった。

剣豪同心が素早くかわす。

草に足を取られた敵がたたらを踏んだ。

その一瞬を、月崎同心は逃さなかった。

鋭く小手を狙う。

「うっ」

したたかに手首を打たれた盗賊の手から刃物が落ちた。

峰打ちだ。

「生け捕りだ」

月崎同心が勢いこんで言った。

「はっ」

長谷川与力と手下が動く。

流れるような手際だった。

「放せ。放さんかい」

盗賊が抗《あらが》う。

「御用だ」

「御用」

捕り方の動きは水際立っていた。

火花の龍平はなおも未練がましく抗っていたが、後ろ手に縄を打たれたところで観念した。

八

「船で逃げたぞ」

閂の大五郎が叫んだ。

いままさに船着き場を離れるところだった。船頭役を含めて三人の賊が乗っている。

「かしらの責め問いはお任せを」

鬼与力が言った。

「分かった。ならば、残党狩りと後始末をわれらが」

剣豪同心が請け合った。

役割が決まった。

かしらの責め問いは江戸の火盗改方の役宅で行うことになった。ほかの捕らえた賊とともに江戸まで運ばねばならない。足自慢の若者が行徳まで走り、臨時の船を出す段取りを整えてきた。

月崎同心が率いる町方は、船を追って上流へ向かった。ただし、足が遅い十手持ちは火盗改方に加わり、盗賊の護送の警護役だ。

このまま上流へ進んでも、矢切《やぎり》の渡しの近辺に船番所がある。そこにつなげば挟み撃ちにできる。

月崎同心はそう読んだ。

だが……。

船で逃げた残党もそれは読みに入れていたらしい。

岸辺の道が途切れ、迂回《うかい》しなければならない場所があった。急いで川筋に戻ったとき、残党の船の姿はもう見えなかった。

「先へ進んだんでしょうか」

手下が問うた。

「そんなに速くは進めまい」

月崎同心は上流を見やった。

しばらく待ったが、敵の船は姿を現さなかった。

「やられたかもしれぬ。戻れ」

月崎同心は苦々しく言った。

「はっ」

手下が続く。

また迂回して急いで川筋に戻ると、対岸に小さく船が見えた。

ただし、だれも乗っていなかった。

「しまった」

月崎同心は苦々しげな顔つきになった。

盗賊の残党たちの姿はもうどこにも見えなかった。

九

木挽町の火盗改方の役宅では、火花の龍平への責め問いが始まっていた。

脚気《かっけ》を患《わずら》っている長官の代わりに、長谷川与力が受け持つ。

「もはやこれまでだ。駿河屋の源右衛門をどこに閉じこめているか、包み隠さず申せ」

鬼与力はにらみを利かせた。

「ふん」

後ろ手に縛られた盗賊はぷいと横を向いた。

「言わぬと痛い目に遭《あ》うぞ」

長谷川与力は鞭《むち》を鳴らした。

「鞭みたいなもん、なんぼでもたたいたらええ」

盗賊は傲然《ごうぜん》と言い放った。

「鞭だけで済むと思ったら大間違いだ」

鬼与力はそう言うと、手下に命じた。

「おい、運べ」

「はっ」

屈強な者たちがさまざまなものを運んできた。

まずは大きな石だ。

座らせて太腿に載せる石抱きの責め問いのための石はまるで臼《うす》のようだった。

さらに、目を瞠るほどの大きさの樽《たる》も運ばれてきた。

数人がかりで、いかにも重そうだ。

「中身は水だ」

長谷川与力が言った。

「上方《かみがた》から江戸へわざわざ来てくれたのだ。その労をねぎらうべく、水をたらふく呑ませてやろうと思ってな」

鬼与力は漏斗《じょうご》をかざした。

火花の龍平の顔つきが変わる。

「石か、水か。好きなほうを選べ」

長谷川与力は冷ややかに言った。

盗賊は不安げに石と樽を見た。

「石を抱けば、そのうち太腿が破れて七転八倒の苦しみの末に死ぬことになる。水をたらふく呑んでいるうち、だんだん腹がふくれ、ついには胃の腑《ふ》がぱあーんと弾けて、これまた七転八倒の苦しみの末にあの世行きだ」

鬼与力は身ぶりをまじえて言った。

「わ、分かった。言う。やめてくれ」

火花の龍平の顔には、まぎれもない恐れの色が浮かんでいた。

「どこに閉じこめている」

鬼与力はすかさず踏みこんだ。

「根津権現の門前町に見世《みせ》じまいをした小間物屋がある。蕎麦屋《そばや》の近くや。その裏におる」

盗賊は観念して告げた。

「よし」

長谷川与力は満足げにうなずいた。

十

すっかり日が暮れた。

午《ひる》の行徳船から始まった捕り物劇はいよいよ大詰めを迎えようとしていた。

「あそこだな」

そう言って行く手を指さしたのは、月崎同心だった。

葛西の捕り物の後始末を終えた同心と手下たちは、行徳船でまた江戸へ戻った。

ややあって、小六がつなぎに来た。

責め問いにかけるまでもなく、盗賊は人質の居場所を吐いたらしい。

「どこだ」

月崎同心は問うた。

「根津権現の門前の小間物屋で。見世はやってねえみたいですが」

小六は答えた。

「よし。さっそく向かおう」

剣豪同心の声に力がこもった。

「足が役に立ったな」

大五郎親分が笑みを浮かべた。

「傷もだいぶ良くなってきたみたいで」

小六が答えた。

「わしも遅れればせに手下どもをやっつけてきてやった」

もと相撲取りは張り手を見舞うしぐさをした。

「へえ、そりゃ働きで」

今度は小六が白い歯を見せた。

「なら、最後にもうひと働きだ」

月崎同心が言った。

「へいっ」

親分と子分の声がそろった。

目指す場所へ着く前に、火盗改方の一隊と首尾よく合流することができた。むろん、率いているのは鬼与力だ。

「今日の仕上げだな」

速足で歩きながら、剣豪同心が言った。

「人質に逃げられぬように、用心棒がいるかもしれません」

引き締まった顔つきで鬼与力が答えた。

「気を引き締めてかからねばな」

「はい」

捕り方は歩を進めた。

やがて、根津権現の門前町に着いた。

十一

目指す小間物屋はすぐ分かった。

町の外れで、あきないじまいをしているせいか、わびしく感じられるたたずまいだ。ただし、奥行きはありそうだ。

「火花の龍平は、われら火付盗賊改方が捕縛した」

長谷川与力が高らかに言った。

「かくなるうえは、人質を解き放ち、神妙にお縄につけ」

月崎同心も張りのある声で告げる。

ややあって、動きがあった。

奥から二人の賊と、用心棒とおぼしい男が出てきた。

賊は人質ののど笛に刃物を突きつけていた。駿河屋のあるじの源右衛門だ。

「道を開けんかい」

賊の一人が言った。

「言うことを聞かずば、こやつの命はないぞ」

用心棒が人質のほうを剣で示した。

すでに抜刀している。いやに長い剣だ。

「ほんまに斬るで」

手下が凄《すご》む。

「お、お助けを……」

真っ赤な顔で、源右衛門が言った。

「盗賊に金で買われた情けねえ武家め、神妙にせよ」

月崎同心が挑発した。

「言うたな」

用心棒の顔に朱《しゅ》がさした。

さっそく長刀をふりかざし、勢いをつけて斬りかかる。

その恐ろしさを、剣豪同心は瞬時に見抜いた。

剣に最も勢いのあるところで受けるのは得策ではない。受けられたにせよ、力を殺《そ》がれてしまう。

ここは空を切らせるにしかず。

そう判断した月崎同心は、さっと跳び退《しさ》った。

びゅっと剣風《けんぷう》を残して敵の刀が空を切る。

「ぎゃっ」

いくらか離れたところで悲鳴が響いた。

火盗改方の名手が放った手裏剣が敵の額に突き刺さったのだ。

「いまだ」

鬼与力が叫んだ。

捕り方が一気に間合いを詰める。

「う、うわあっ」

敵の手をふりほどいた駿河屋のあるじが声をあげた。

「助けて、助けて」

懸命に逃げる。

「こっちへ」

小六が手招きをした。

「もう大丈夫でさ」

捕り物には加われなかった門の大五郎が盾になった。

火花の龍平の一味に囚《とら》われていた源右衛門は、ここでようやく解き放たれた。

二人の賊はたちどころに捕縛された。
残るは用心棒だけだ。
「斬り合いができぬか。腰抜けめ」
悪相の用心棒はそう言うなり、また長刀を振るってきた。
またしても体を離してかわす。
剣は空を切った。
月崎同心は察した。
疲れのせいで、徐々に剣が遅くなってきた。遠回りもするようになった。
そろそろ決め時だ。
「食らえっ」
用心棒はまた剣を振り上げた。
その刹那――。
剣豪同心が動いた。
弾丸のように敵のふところに飛びこみ、渾身の突きを食らわす。
敵の長刀は届かなかった。

「ぐえっ」
用心棒がうめいた。
剣豪同心の剣は、敵の肺腑を深々とえぐっていた。
体を離し、剣を抜く。
とどめに袈裟《けさ》懸《が》けに斬る。
流れるような動きだった。
用心棒は二、三歩よろめいた。
そして、ゆっくりと前のめりに斃れた。

第七章　四匹の子猫

一

「ここの通りでございますね、旦那《だんな》さま」

駿河屋の番頭の辰次が行く手を指さした。

「そうだね。話に聞いたとおり、ほうぼうが山吹色《やまぶきいろ》だ」

あるじの源右衛門が答えた。

「あの駕籠《かご》をかどわかしに使ったのでしょう」

番頭が江戸屋の駕籠を指さした。

「思い出すからやめておくれ」

源右衛門がいくらか顔をしかめた。

「はあ、相済みません」

辰次は髷《まげ》に手をやった。

盗賊の一味に囚《とら》われ、まったく生きた心地がしなかったが、首尾よく救い出されて事なきを得た。番頭の辰次も同じだ。百両を運ぶ大役に胃の腑《ふ》が痛む思いをしたけれども、無事に果たし終えた。

今日は菓子折を提げ、厄介《やっかい》をかけた江戸屋に礼を言いに来たところだ。町方には取り調べの際にくどいほど頭を下げ、のちに見世《みせ》の銘茶を届けておいた。

もとをただせば、おのれの不行跡《ふぎょうせき》につけこまれたかたちだった。源右衛門は家族の前で土下座してわびた。百両は無事戻ってきたので、囲い女には手厚い手切れ金を渡し、もう足は向けぬと皆に誓った。今日、江戸屋に頭を下げれば、一連のおわび行脚《あんぎゃ》のごときものはひとまず終《しま》いだ。

「あそこでございますね」

番頭が駕籠屋ののれんを指さした。

「ああ、着いたね」

そう答えると、駿河屋のあるじはふっと一つ息をついた。

二

「とにもかくにも、ご無事でようございましたね」

あるじの甚太郎が笑みを浮かべた。

「江戸屋さんにも厄介をおかけしまして」

駿河屋のあるじがまた頭を下げた。

「うちの駕籠が悪事に使われてしまって気をもみましたが、何事もなかったのは幸いでした」

甚太郎が言う。

「いろいろな方のお力で、こうして元に戻れて夢のようです」

源右衛門はしみじみと言った。

ここで娘のおすみが顔を見せた。出前駕籠から戻ったばかりらしい。

「弟がそこで飯屋をやっておりましてね。出前駕籠でほうぼうに運んでるんですよ」

甚太郎が伝えた。

「そう言えば、いい匂いが漂っておりましたね、旦那さま」

番頭が言った。

「よろしかったら、帰りに召し上がってくださいまし」

おすみが如才《じょさい》なく言った。

「まだ膳はあるのかい」

甚太郎が問うた。

「うん、まだ大丈夫」

おすみは答えた。

ここでおかみのおふさが茶を運んできた。

「今日の膳は秋刀魚《さんま》の蒲焼き丼に、具だくさんの茸《きのこ》の水団汁《すいとん》だそうです」

駕籠屋のおかみはそう言って湯呑みを置いた。

「それはおいしそうです」

辰次がすぐさま言った。

「では、ちょいと小腹が空いたから、あとで寄らせていただこうかね、番頭さん」

源右衛門が乗り気で言った。

「そういたしましょう」

話はすぐまとまった。

三

「秋刀魚は塩焼きがもっぱらでしたが、蒲焼きもうまいんですねえ」

駿河屋の番頭が感に堪えたように言った。

「そうだねえ。ちょうどいい焼き加減で」

あるじの源右衛門がうなる。

「それに、水団汁だけでもおなかにたまります」

と、辰次。

「水団に里芋に油揚げに蒟蒻《こんにゃく》に葱に椎茸《しいたけ》、具だくさんだからね」

源右衛門はそう言うと、少し箸《はし》を迷わせてから水団をつまんで口中に投じた。

「水団がうまいでしょう?」

「よく練ってるから」

近くに陣取った江戸屋の駕籠かきたちが言った。

「胡麻油をまぜるのがこつなんです」

おかみのおはなが笑みを浮かべた。

「ああ、どうりで風味が豊かです」

源右衛門が笑みを返す。

「蒲焼きのほうのこつは何でしょう」

番頭がたずねた。

「三枚におろして骨をていねいに抜いて、粉をはたいてから平たい鍋で両面をこんがりと焼きます。それから、湯をかけて脂臭《あぶら》さを抜くんです」

仁次郎が厨《くりや》から答えた。

「なるほど、そういう下ごしらえがあってこそですね」

辰次がうなずいた。

「たれがまたおいしゅうございますね」

源右衛門が満足げに言う。

「酒一、味醂《みりん》二、醬油一の合わせだれで」

飯屋のあるじは、どこか唄うように答えた。

「近くでしたら、出前もお願いできるんですが」

番頭がいくらか残念そうに言った。

「お店《たな》はどちらでしょう」

飯屋のおかみがたずねた。

「本郷三丁目なんです」

と、番頭。

「ああ、それはちょっと遠いですね」

おはなが小首をかしげた。

「ただ、京橋ならすぐそこだね」

源右衛門がそう言って、つゆのしみた残りの飯を胃の腑に落とした。

「のれん分けした杉造《すぎぞう》さんのところですね？」

辰次が訊《き》いた。

「そうだ。帰りに寄って声をかけてみよう。江戸屋さんの出前の話をしたら、きっと乗ってくるだろう」

駿河屋のあるじは笑顔で答えた。

京橋にはのれん分けをした見世がある。脇道でさほどの構えではないが、立地も品もいいから繁盛していた。

「それはぜひよろしゅうお願いいたします」

おかみが一礼した。

「伝えておきますので。……おや？」

座敷をひょこひょこ歩いている猫を見て、源右衛門は何かに気づいたような顔つきになった。

飯屋で飼われているみやだ。

義助とおはるのきょうだいにかわいがられているが、いまはどちらも寺子屋に行っている。

「そろそろ初めての子を産むんですよ、この子」

おはながそれと察して言った。

「そうですか。それはにぎやかになりますね」

駿河屋のあるじが笑みを浮かべた。

「全部は飼えないので、里子に出さなきゃならないんですが」

と、おはな。

「それなら……」

水団汁を呑み干し、軽く両手を合わせてから、源右衛門は続けた。

「うちは前に飼っていたことがありますし、江戸屋さんにはひとかたならぬお世話になりましたから、いくらか育ったところで一匹頂戴できればと」

みやのほうを指さして言う。

「さようですか。それはありがたいです」

おはなの顔がぱっと晴れた。

「では、生まれましたらお知らせいただければと」

駿河屋のあるじが笑顔で言った。

「承知いたしました。……よかったね、みや」

飯屋のおかみが猫に言った。

猫は素知らぬ顔で、前足で首のあたりをかきだした。

四

翌日――。

京橋の駿河屋から、さっそく出前の注文が来た。

大店《おおだな》ではないので三人前で恐縮ですが、と手代がつなぎに来た。

三人前なら一人でも運べるが、顔つなぎを兼ねて為吉とおすみの二人で運んだ。

戻ると、ちょうど大五郎親分と手下の小六が遅めの中食《ちゅうじき》を食べていた。

「おう、のれん分けの駿河屋へ出前だってな」

大五郎親分が右手を挙げた。

目の前に置かれているのは富士盛りの飯だ。

「はい、腰の低いみなさんで、こっちが恐縮しちまって」

為吉が髷に手をやった。

「さっそく召し上がっていただいて、大好評でした」

おすみがそう言って空の器を返した。

「そりゃ良かった」

仁次郎が笑顔で受け取った。

「この膳なら、毎日でも食いてえと思うぜ」

小六がそう言って箸を動かした。

今日の膳は、鯖《さば》の味噌煮、けんちん汁、これに青菜のお浸しと香の物がつく。

「鯖の味噌煮はよそでも食ったけど、うちのがいちばんんだ」

「江戸一の江戸屋だからよ」

ひと仕事終えた駕籠かきたちが言う。

「そりゃ、手間をかけてるからね」

厨から仁次郎が言った。

「初めは小骨をうまく抜けませんでしたけど」

修業中の吉平が料理の手を動かしながら言った。

鯖の小骨をていねいに抜いて、巧みに飾り包丁を入れる。それから湯をかけて霜降りにする。この下ごしらえのおかげで余分な脂と臭みが抜け、上々の仕上がりになる。

煮方にも気を使う。水と酒と味醂を煮立ててから鯖を入れ、醬油を加えてさらに煮る。

味噌は粒味噌だ。裏ごしをしてから用いれば、まろやかな味わいになる。

さらに、生姜《しょうが》を入れ、仕上げに隠し味の酢を加える。これでさらに脂臭さが消えて風味豊かになる。

仕上げに白髪葱《しらが》を飾り、七味唐辛子を振れば、江戸屋自慢の鯖の味噌煮の出来上がりだ。

「この味噌煮だけで飯をわしわし食えるぜ」

大五郎親分がそう言って、また箸を動かした。

「京橋の駿河屋さんもそうおっしゃってました」

おすみが笑顔で言った。

「具だくさんのけんちん汁も好評で」

為吉も笑みを浮かべる。

「ここのけんちん汁は、味も具も江戸一だよ」

小六が太鼓判《たいこばん》を捺《お》した。

「また出前の得意先が増えて忙しいな」

大五郎親分が出前駕籠の二人に言った。

「ありがたいことで」

「張り合いがありますから」

為吉とおすみがいい顔で答えた。

五

ほどなく、みやが四匹の子猫を産んだ。

一匹は母猫と同じ雌の三毛猫で、残りの三匹は雄だった。

まだ生まれたてだから、この先、柄《がら》は変わってくるかもしれないが、色はおおよそ分かった。一匹は茶色で、一匹が白黒、もう一匹には肩のあたりにうっすらと縞《しま》が見えた。

子猫が生まれたという知らせを聞いて、さっそく駕籠屋の面々が見物に来た。

「駿河屋さんが一匹所望されているから、知らせてこないと」

おかみのおふさが言った。

「あとでだれか走らせるか」

あるじの甚太郎が腕組みをした。

「なら、為吉さんに言っとくから」

子猫を一匹ずつあらためながら、娘のおすみが言った。

「ああ、頼みます」

飯屋のおかみのおはなが言った。

「わたし、この子がいい」

娘のおはるが母猫と同じ三毛猫を指さした。

「雌だとまた子が増えるから、雄にしなさい」

母のおはながすかさず言う。

「猫だらけになっちゃうからね」

と、おふさ。

「この子は？」

おはるの兄の義助が指さしたのは、縞のある猫だった。

「いいじゃねえか。気に入ったのにしな」

甚太郎が言う。

母猫になりたてのみやは、子猫をいとおしそうにおのれの舌でぺろぺろなめてやっていた。

「かわいい」

おはるが笑う。

「この子にするよ、おかあ」

義助は母に言った。

「ちゃんとお世話できる？」

おはなが問うた。

「うんっ」

義助は力強く請け合った。

「おはるもできるか？」

今度は仁次郎がたずねた。

「うん、お世話する」

妹が兄に続いた。

こうして、一匹目の子猫は飯屋で母猫とともに飼われることになった。

六

駿河屋の主従が江戸屋へやって来たのは、秋も深まった日の中食の終わりごろだった。生まれたての子猫を渡すわけにはいかないから、母猫の乳を呑んでいくらか猫らしくなってから渡すという段取りだ。

せっかくだから、まず中食の膳を食べてもらうことになった。今日は茸の炊《た》きこみご飯に、鰺の塩焼き、切り干し大根と豆の煮つけに豆腐と葱の味噌汁だ。

「おいしゅうございますね、旦那さま」

番頭の辰次が顔をほころばせた。

「炊きこみご飯はいろいろいただいてきたけれど、江戸屋さんの茸の炊きこみご飯は絶品だね」

あるじの源右衛門がうなずく。

椎茸、占地《しめじ》、舞茸《まいたけ》。三種の茸を炊きこんである。茸は何でもいいが、三種を合わせると格段にうまくなる。

さっと煮てあくを抜き、その煮汁でご飯を炊きこむのが骨法《こつぽう》だ。これでいちだんとこくが出る。

名脇役は油揚げだ。味を吸った油揚げが入っているからこそ、茸のうま味が引き立てられる。

「鰺がまたおいしゅうございます」

番頭が言った。

「皮がぱりっ、中がふっくらですからね」

「たっぷりの大根おろしがまたたまんねえや」

江戸屋の駕籠かきたちが言った。

「毎日、ここの膳を食べていたら力が出るね」

銘茶問屋のあるじが笑みを浮かべた。

「そりゃもう百人力で」

「いくらでも担げまさ」

　一人が身ぶりをまじえた。

　中食が終わると、子猫の品さだめになった。

「周到にこういうものを持参しましたので」

　番頭が子猫を入れる蓋《ふた》付きの籠《かご》をかざした。

「ああ、これは用意がいいですね」

　おかみのおはなが笑みを浮かべた。

「では、どの子をいただきましょうか」

　源右衛門が腕組みをした。

「いま寺子屋へ行っておりますが、うちの子たちがその子猫を引き取ると言っておりますので」

　おはなが一匹の子猫を指さした。

　生まれたてより縞模様が少し鮮やかになってきた。どうやら鯖柄のようだ。

「さようですか。では、そのほかから……あっ」

　何かを思いついたらしく、駿河屋のあるじは両手を打ち合わせた。

「ひらめきましたか、旦那さま」

番頭が問う。

「うちは銘茶問屋だから、茶色がちょうどいいかと思ってね」

源右衛門はそう言うと、その子猫をひょいと取り上げた。

子猫なりに口を開け、威嚇《いかく》するような顔つきになる。

「おっ、元気でいいな」

駿河屋のあるじが笑みを浮かべた。

「では、この子をいただいてまいります。乳母《うば》猫のあてもついておりますので」

今度はおかみに向かって言う。

「それは安心です。どうぞよろしゅうに」

おはなが笑顔で頭を下げた。

二匹目の猫も、こうして滞《とどこお》りなく里子に出された。

七

「えっ、うちで飼うのか？」

甚太郎がいくらか顔をしかめた。

「これも縁だし、生まれた子猫を見たら飼いたくなって」

女房のおふさが言った。

「世話はだれがするんだい？」

跡取り息子の松太郎が問うた。

「実家《さと》でも飼ってたから、わたしが」

おふさがさっと右手を挙げた。

「なら、べつにいいがな」

やや不承不承《ふしょうぶしょう》に、甚太郎は許しを出した。

「雌はさすがに増えるからどうかと思うけど」

と、おふさ。

「雄にしてくれ」

甚太郎が言った。

「承知で」

おふさはすぐさま答えた。

飯屋は中食が始まったばかりだった。

今日の膳は、枝豆ご飯、鮪《まぐろ》の赤味噌焼き、具だくさんのけんちん汁に小鉢付きだ。鮪は下魚《げざかな》として嫌う者も多いが、江戸屋では臆《おく》せず使っている。

づけにして丼やちらし寿司の具にするのもいいが、今日は赤味噌焼きだ。焦げやすいので気をつけながら、こってりとした赤味噌焼きにする。駕籠かきのような汗をかくなりわいの者には、塩気があってことにありがたい料理だ。

「許しが出たので」

駕籠屋のおかみが飯屋のおかみに言った。

「まあ、それはよかった」

と、おはな。

「でも、すぐそこだから、もらってても帰ってきちゃうかも」

おふさが白黒の子猫を指さした。

「そのあたりは成り行きで」

厨から仁次郎が言った。

「お乳だけ呑みにおっかさんのとこへ戻ればいいし、通いみたいになるかもしれないけど、後架《こうか》（便所）の支度ができたらいただきに来ます」

おふさが言った。

「お待ちしてます。これでもらい手が見つかってないのは雌の三毛だけ」

おはなが安堵《あんど》の面持《おもも》ちで答えた。

「雌は増えるから、なかなか見つからねえかもしれねえな」

仁次郎が首をひねった。

だが、案じるには及ばなかった。

最後の子猫のもらい手は、意外なところから現れた。

八

「なるほど、猫侍か」

月崎同心が白い歯を見せた。

「役宅に鼠《ねずみ》が出るので困っていたところで」

長谷川与力が笑みを返した。

すでに猫がいるにはいるが、あいにく鼠は取らないらしい。ただし、子猫の世話役には良さそうだという話だった。

「お取り立ていただき、ありがたく存じます」

いくらか戯《ざ》れ言《ごと》をまじえて、おはなが頭を下げた。

「雌ならそのうち子が増える。鼠どもを退治してくれ。仲間もいるからな」

長谷川与力はそう言うと、ほどよく焼けた松茸に箸を伸ばした。

「ほまれでございます」

飯屋のおかみが笑顔で言った。

子猫を入れる籠は用意があるから、与力が借りていくことになった。膳の出前のときに返せばちょうどいい。

今日は例によって道場での稽古《けいこ》の帰りだ。ひと汗流して江戸屋で一献《いっこん》傾けているところだ。

「火花の龍平の取り調べは終わり、いよいよお仕置きになるようだ」

剣豪同心が伝えた。

「これで一段落ですね」

鬼与力が答える。

「残党をいくらか捕り逃がしてしまったから、まだ気はゆるめられないがな」

月崎同心はそう言うと、焼き松茸を口中に投じた。

松茸は裂いてから焼くのがうまい。焼いてから裂くと、せっかくうま味がこもった汁が外へ出てしまう。裂いてからほどよく焼いた松茸に醤油をたらして食すのは、まさに秋の口福の味だ。

ここでおはなが次の肴《さかな》を運んできた。

「蓮根煎餅《れんこんせんべい》が揚がりました。どうぞ」

皿をていねいに下から出す。

「おう、これはうまそうだな」

「さっそく一つ」

手が次々に伸びた。

普通の蓮根なら煮物や天麩羅《てんぷら》などにする。すり下ろして蓮根饅頭《まんじゅう》にしても美味だ。

しかし、水気が抜けて芳《かんば》しくなくなったものは、薄く切って煎餅にするとかえってうまい。水気が抜けているから、かりっと揚がるのだ。これにはらりと塩を振れば、恰好《かっこう》の酒の肴になる。

「まあこのたびは事なきを得たが、向後も日《ひ》の本《もと》を股にかけた盗賊が跳梁《ちょうりょう》するやもしれぬな」

月崎同心はそう言って、蓮根煎餅をぱりっと嚙んだ。

「われらが力を合わせてお縄にしていきましょうぞ」

長谷川与力も続く。

「おう。江戸ばかりか、日の本の護《まも》りだ」

剣豪同心はまた白い歯を見せた。


最後に残った子猫は、雌だが猫侍になるべく火盗改方に引き取られていった。

これでみやが初めて産んだ子猫たちの里親がすべて決まった。

名もそれぞれにつけられた。

駿河屋に引き取られた茶色の猫は「茶々」と命名された。のちに赤い紐《ひも》と鈴をつけたら愛らしさが増し、銘茶問屋の看板猫になった。

駕籠屋のおかみが気に入ってもらいうけた白黒の猫は、どういう名にするか迷った末に「はあん」に決まった。

はあん、ほう……。

はあん、ほう……。

駕籠屋の掛け声にちなむ名だ。そのうちまたみやが子を産んだら、もう一匹「ほう」ももらうというところまで話が進んだ。

雌猫だが火盗改方の猫侍として取り立てられた三毛猫は、凝《こ》った名を思案するのが面倒だったらしく、見たとおりの「みけ」という名になった。

見たとおりといえば、母猫とともに飯屋に残る猫もそうだった。

義助とおはるのきょうだいは、子猫に「さば」と名づけたのだ。

「食い物の鯖とまぎらわしいから、ほかの名にしな」

父の仁次郎はそう言ったが、子供たちは聞く耳を持たなかった。

「だって、さばだもん」

おはるが言う。

「言いやすいよ。さば、さばって」

義助も妹に加勢した。

そんなわけで、飯屋の子猫の名が決まった。

第八章　御殿山《ごてんやま》の変事

一

秋もかなり深まってきた。

海の幸、山の幸がことにうまくなる季節だ。

江戸屋の出前も好調だった。続けざまに注文が入るので、出前番の為吉とおすみ、それに控えの巳之吉《みのきち》もあまり休む暇《いとま》がないほどだった。

その日も、京橋の駿河屋から戻るや、やがて夫婦《めおと》になる為吉とおすみはすぐさま次の出前に向かった。

木挽町の火盗改方の役宅へ八人前だ。長谷川与力が折にふれて注文してくれる。

「だいぶ脚が張ってきちゃった」

後棒のおすみが言った。

「おいらもだ。さすがに今日はこれで終わりだろうから」

先棒の為吉が答える。

「秋刀魚《さんま》が早々と売り切れたみたいだし」

と、おすみ。

「何よりだよ。もうひと気張りだ」

「うん」

若い二人は息を合わせて出前駕籠《かご》を担いでいった。

今日の江戸屋の中食《ちゅうじき》は、松茸ご飯、秋刀魚の塩焼き、けんちん汁だった。

松茸がこれでもかと入った炊《た》きこみご飯、尾のぴんと立った秋刀魚をこんがりと焼いた塩焼き、胡麻油の香りが漂う具だくさんのけんちん汁。どれもまっすぐな料理で、盛りも申し分がない。江戸屋で食した客はみな笑顔だった。

それは出前先も同じだった。

火盗改方の面々の評判も上々だった。

「さすがは長谷川さまの肝煎《きもい》りの見世ですな。こんなに豪勢な松茸飯は初めてでござる」

「べつに肝煎りではないぞ」

「いやいや、長谷川さまのおかげでこんなうまいものが食えるので」

「まことにありがたいことで」

「おれを拝んでどうする」

そんな調子で、和気藹々《わきあいあい》のうちに箸《はし》が進んだ。

今日の出前はこれで終わりのはずだから、器が空くまで待つことにした。

「よし、ふくらはぎをもんであげよう」

為吉がおすみに言った。

おすみが答える。

「いいよ。見られたら恥ずかしいから」

「それもそうだね。おのれの手でやるか」

為吉は座って手本を見せた。

上から下へ、下から上へ、巧みに手を動かしながらもんでいく。

「なるほど、こうするのね」

おすみも真似をする。

そこへ、ひょこひょこと近づいてきた影があった。

江戸屋から里子に出された猫のみけだ。

「あっ、みけちゃん、ちゃんとおつとめしてる?」

おすみが子猫に言った。

「まだ鼠《ねずみ》のほうが強いだろう」

為吉が笑う。

「そうね。大きくなるのよ」

おすみは笑みを浮かべた。

いくらか警戒していた子猫は、小さな口を開けて、

「みゃ」

と、ないた。

二

「遠慮なく打ってこい」

月崎同心がひき肌竹刀《はだしない》をだらりと下げて言った。

「はっ」

若き師範代の二ツ木伝三郎は短く答えると、竹刀を構えた。

師範の芳野東斎、それに、長谷川与力が端座してじっと見守る。

「とりゃっ」

二ツ木伝三郎は勢いよく打ちこんでいった。

腕がよく伸びる剣筋だ。

ひき肌竹刀が月崎同心の脳天をとらえたかと思われた刹那《せつな》、陽月流の遣《つか》い手は素早く腕を動かして受けた。

間一髪《かんいっぱつ》だ。

わざと隙をつくり、相手に打たせて受ける稽古《けいこ》だった。

真剣の斬《き》り合いになれば、一瞬の動きが明暗を分ける。わずかな遅れが命取りになってしまう。

日頃から、その一瞬に備え、気を入れて稽古をする。それが月崎同心の旨《むね》とするところだった。

その後も相手を変え、火の出るような稽古が続いた。

続けて竹刀をふるう稽古もあった。

「えいっ、せいっ」

長谷川与力が構えたひき肌竹刀に、休むことなく鋭い気合いの声を発しながら打ちこんでいく。

すぐに決着がつかず、体力勝負になるときもある。そんな紙一重の勝負の際には、最後の力を振り絞れるかどうかが勝敗の分かれ目になる。

「てやっ。とりゃっ」

休むことなく、月崎同心は竹刀を振るい続けた。

汗が飛び散る。

そのうち、腕が鉛《なまり》のように重くなってきた。

ここからの粘りが肝心《かんじん》だ。

「来い」

長谷川与力が挑発する。

「おう」

月崎同心はさらに打ちこんだ。

疲れが峠に達してから、ここを先途《せんど》と打ちこんでいく。

「とりゃっ」

気合いの声が高くなった。

受けに徹していた長谷川与力の足元がいくらか乱れた。

「それまで」

　潮時と見た道場主が、さっと右手を挙げた。

三

「今年の秋の山稽古はどうされますか？」

　二ツ木伝三郎が道場主に問うた。

「恒例ゆえ、やらずばなるまいな」

　芳野東斎が答えた。

　かなりの齢《とし》だが、まだ背筋はしゃんと伸びている。

「紅葉見物を兼ねて出かけるのはいかがでしょう」

　ほかの門人が案を出した。

「それはいいかもしれない。弁当でも持参して」

　師範代が乗り気で言った。

「ならば、江戸屋に弁当を頼みましょう」

　汗を拭《ぬぐ》いながら、月崎同心が言った。

「さすがに出前というわけにはいきませんからな」

長谷川与力が少し表情をゆるめた。

「場所は品川《しながわ》の御殿山《ごてんやま》あたりでしょうか」

二ツ木伝三郎が問うた。

「江戸に紅葉の名所は数々あるけれども、山稽古も行うとすればそのあたりがいいかもしれぬな」

月崎同心が答えた。

「鮫洲《さめず》の海晏寺《かいあんじ》や、同じ品川の東海寺《とうかいじ》などの名所がありますが、あいにく平地ですからな」

長谷川与力が言った。

「御殿山まで速足で行けば、脚の鍛錬になるであろう」

矍鑠《かくしゃく》としている道場主が言った。

「滝野川《たきのがわ》や根津権現、目黒不動《めぐろふどう》に祐天寺《ゆうてんじ》、名所はほかにもいろいろありますが、やはり山稽古なら御殿山でしょうか」

ようやく汗を拭き終えた月崎同心が言った。

「見廻りの一環ということで、長官の許しが出れば」

長谷川与力が言った。

「こちらも、少し足を延ばした見廻りという名目で」

町方の隠密廻り同心も和した。

こうして話が決まった。

剣豪同心と鬼与力が動ける日取りが選ばれた。むろん雨天なら行けないが、その場合は道場で勝ち抜き試合を行うことになった。

弁当には仕込みがかかるから、雨天なら道場で食す。

段取りはとんとんと決まった。

四

「晴れで良かったな」

厨《くりや》で手を動かしながら、飯屋のあるじの仁次郎が言った。

「今日は降りそうもないから」

見世を開ける支度をしながら、おかみのおはなが言う。

「弁当の飯はさめてもおいしいですね」

修業中の吉平が笑みを浮かべた。

「栗ご飯は中食でも出すけどよ。あったかくても冷めてもほくほくだ」

仁次郎が自信ありげに言った。

「牡蠣飯《かきめし》も濃いめの味つけだから」

と、おはな。

「そうそう。だから、冷めてもうまい」

仁次郎がすぐさま和した。

「これにしめ鯖《さば》の寿司もつくんですから、胃の腑《ふ》にたまりますね」

吉平が言う。

「そりゃあ、道場の猛者《もさ》たちはたんと食うから」

飯屋のあるじが答えた。

「おかずも色とりどりでいい感じに」

弁当の盛り付けをしながら、おはなが言った。

瓢《ひさご》型のだし巻き玉子に、甘藷《かんしょ》と里芋の煮物、大根菜のお浸しにひじきの煮つけ、同じ厚みに切った鶏《とり》の照り焼きに、秋刀魚の蒲焼き。どれから箸をつけるか迷うほどとりどりの料理が見栄えよく盛りつけられていく。

弁当はすべて二重になっている。できあがったら、これまた山吹色の風呂敷でしっかり包んでいく。

「ずっしりと重いわね」

持ってみたおはなが言った。

「これも鍛錬のうちで」

仁次郎が笑う。

義助とおはるは寺子屋だ。まだのれんを出していない見世の座敷では、みやとさばの親子猫がのんびりと寝そべっている。

当初はせっかく産んだ子のうち三匹を里子に出されていくらか不満げな様子だったみやだが、猫は長々と根に持ったりはしない。残ったさばの身を折にふれてなめながら、客にもかわいがられながら親子で暮らしていた。

駕籠屋にもらわれていった「はあん」も、折にふれて母猫のもとへ来る。ときにはさばが駕籠屋へ遊びにいく。どちらの飼い猫か分からないほどだった。

そのうち、弁当の支度が整った。

道場へ知らせに行くと、向こうのほうも出かける支度が整った頃合いだった。

「おう、ちょうどいいな」

月崎同心が言った。

「では、それぞれに弁当の包みを提げて品川へ行きましょう」

長谷川与力が続いた。

「着く頃にはだいぶ腹が減っているでしょう」

若き師範代が言う。

「腹ごしらえをしてから山稽古だな」

最後に道場主が言った。

「お待ちしておりました。頭数分の包みができておりますので」

おかみがにこやかに出迎えた。

道場主に師範代、剣豪同心と鬼与力、山稽古に加わるほかの門人が四名。合わせて八つだ。

「では、一つずつ提げて、速歩きでまいろう」

月崎同心が真っ先に包みをつかんだ。

「承知で……おう、これは食べでがありそうだ」

長谷川与力が笑みを浮かべた。

競うような速歩きだとさすがに老齢の道場主が気の毒ゆえ、様子を見ながら品川の御殿山まで進んだ。そのせいもあって、着いた頃にはだいぶ中食の頃合いを過ぎていた。

五

「まずは腹ごしらえを」

月崎同心が言った。

「このあたりでいいでしょう」

二ツ木伝三郎が身ぶりで示した。

「ちょうどいい按配の紅葉も見えるな」

芳野東斎が目を細くした。

「では、このへんで」

長谷川与力が腰を下ろした。

ほかの門人たちも思い思いに座る。

山吹色の風呂敷包みが次々に解かれた。

「待ちかねました」

「腹が鳴りどおしで」

「これはうまそうだ」

門人たちがさっそく箸を伸ばす。

「酢の加減がちょうどいいな」

しめ鯖の寿司を味わった月崎同心が笑みを浮かべた。

「牡蠣飯も美味で」

長谷川与力も顔をほころばせる。

「栗ご飯の栗もほくほくですな」

二ツ木伝三郎が満足げに言った。

「だし巻き玉子がまた絶品だ」

道場主の表情もゆるむ。

「紅葉と玉子の黄色がうまく響き合っています」

月崎同心が少し目を細くした。

ちょうど日の光が濃くなり、紅葉の色がひときわ鮮やかになった。

色づいた赤と黄色が空の青に映える。

その後も弁当を味わい、紅葉を愛《め》でながらの歓談が続いた。これから山稽古だから酒ではなく茶だ。

剣術談義から、若者の育て方まで、幅広い話題が出た。かなり食べでがあった江戸屋の弁当は、みなきれいに平らげられた。

「さて、そろそろ山稽古に」

剣豪同心が腰を上げた。

「空いた折詰はまとめて持ち帰りましょう」

師範代がそう言ったとき、風に乗って、異な声が響いてきた。

だれか……助けて……

女の声だ。

「いかん」

鬼与力の形相《ぎょうそう》が変わった。

助けて……早く……

切迫した声がはっきりと聞こえた。

「急げ」

道場主が言った。

「はっ」

短く答えると、月崎同心は声がしたほうへ走りだした。

六

「おとなしくせよ」

若い武家が娘の二の腕をつかんだ。

「猿轡《さるぐつわ》だ」

もう一人の武家が手拭いを取り出した。

「おう」

二人がかりで猿轡を嚙ませる。

娘はもううめくだけで、助けを求めることはできなかった。

いくらか離れたところでは、お付きと思われる手代が倒れていた。狼藉者《ろうぜきもの》たちから大事なお店《たな》の跡取り娘を守るべく、果敢に立ち向かっていったのだが、峰打ちにされてしまい、あえなく気を失って倒れてしまったのだ。

「これで良し」

武家がにんまりと笑った。

「山深いところまで、はばかりに来たのがしくじりだったな」

そのつれが言う。

背の高いほうが瀬島新之丞《せじましんのじょう》、ずんぐりとしたほうが大河原右近《おおかわらうこん》、どちらも旗本の三男坊だ。いずれ婿《むこ》の口を探さねばならないが、それまでは好き勝手に遊んでいる。

町で難癖をつけ、しばしば抜刀してあきんどから理不尽な金をせしめたりしている。どちらもたたけばほこりがいくらでも出る鼻つまみ者だった。

「せいぜいかわいがってやろう」

瀬島新之丞が帯に手をかけた。

娘がいやいやをする。

小伝馬町《こでんまちょう》の袋物問屋、梅屋《うめや》の娘のおいとだ。

今日は番頭を留守番にし、みなで御殿山へ紅葉見物に来た。例年は滝野川なのだが、今年は朝早く出て御殿山に向かい、思わぬ難に遭《あ》ってしまった。

「おとなしくしろ」

大河原右近が凄《すご》んだ。

そして……。

いままさに狼藉に及ぼうとしたとき、鋭い声が響いた。

「待て」

剣豪同心が走りこんできた。

「その娘を放せ」

鬼与力も続いた。

師範代とほかの門人たちも加勢にかけつける。

「ちっ」

瀬島新之丞が舌打ちをした。

「まずいぞ」

大河原右近が声をあげた。

「待て」

剣豪同心が追う。

「狼藉者、名を名乗れ」

鬼与力が立ちはだかる。

「ええい、どけっ」

瀬島新之丞が抜刀した。

やにわに斬りかかる。

鬼与力がすぐさま受けた。

がんっ、と鈍い音が響く。

「放せ」

月崎同心がもう一人の武家に言った。

「寄るな。こいつの命はないぞ」

大河原右近が凄んだ。

ならず者が手にした剣は、娘ののど元に突きつけられていた。

七

「おいと」

声が響いた。

梅屋のあるじ、庄兵衛《しょうべえ》の声だ。

娘がなかなか戻って来ないから、おかみともう一人の手代を残して様子を見にきたところ、帯が半ば解かれた姿で剣をのど元に突きつけられていた。袋物問屋のあるじは驚きに目を瞠《みは》った。

「狼藉はやめよ」

剣豪同心が抜刀して言った。

「うぬの指図は受けぬ。何者だ」

大河原右近が問うた。

いくらか離れたところで剣をまじえていた長谷川与力と瀬島新之丞の体《たい》が離れた。

「新之丞」

大河原右近が名を呼ぶ。

「おう」

もう一人のならず者が駆け寄り、おいとに刀を突きつけた。

「われこそは、南町奉行所隠密廻り同心、月崎陽之進なり。不埒者《ふらちもの》ども、速やかに娘を放せ」

剣豪同心が剣先をならず者に向けた。

「町方風情《ふぜい》が片腹痛いわ」

大河原右近が鼻で嗤《わら》った。

「われらは天下の旗本ぞ。町方ごときに手は出せぬわ」

瀬島新之丞が言い放った。

「われこそは火付盗賊改方与力、長谷川平次なり」

今度は鬼与力が名乗りをあげた。

「町方には手が出せぬとも、われらは違うぞ。武家であれ寺方であれ、火盗改方はいかなる悪も許さぬ。ただちに無辜《むこ》なる者を放せ」

鬼与力のまなざしに力がこもった。

「火盗改方から若年寄を経て、そのうち沙汰《さた》があるだろう。ここで狼藉を働けば、まず切腹は免《まぬが》れぬところだ」

今度は剣豪同心が言った。

「せ、切腹……」

瀬島新之丞の顔つきが変わった。

月崎同心は目で合図をした。

娘ののど元に剣を突きつけている武家の背後から、道場の師範代が忍び寄っていた。

「罪を減じられたくば、ただちにその娘を放せ」

剣豪同心は間合いを詰めた。

「いまなら引き返せるぞ」

鬼与力も続く。

間合いがさらに近くなった。

いまだ。

「悪党め、成敗《せいばい》してくれる」

陽月流の遣い手は、いくらか芝居がかった動きで剣を振り上げた。

二人の不埒者のまなざしがその剣に引きつけられる。

「ぐわっ！」

瀬島新之丞が悲鳴をあげた。

隙ありと見た師範代の二ツ木伝三郎の剣がぐいと伸び、脳天をしたたかに打ったのだ。

峰打ちだが、まともに食らえばひとたまりもない。

おいとののど元に突きつけられていた剣が離れた。

「こっちへ」

長谷川与力がすぐさま動いた。

娘が泣きながら逃げる。

「もう大丈夫だ」

「猿轡を外せ」

門人たちも助けに駆け寄った。

「大丈夫か、おいと」

梅屋のあるじが案じ顔で声をかけた。

「……父さん」

猿轡を外され、しゃべれるようになった娘が、くしゃくしゃの顔で言った。

八

剣豪同心は、もう一人の不埒者と相対していた。

「小癪《こしやく》な」

大河原右近が剣を振り回してきた。

力はあるが、むやみに遠回りをする剣だ。

「ぬんっ」

軽くあしらい、また正しく構える。

「うぬの悪行、今日かぎりと知れ」

月崎同心はそう言い渡した。

「町方風情が」

旗本の三男坊は吐き捨てるように言うと、また力まかせに斬りかかってきた。

剣豪同心は正面から受けた。

「恥を知れ」

そう言うなり、ぐいと押し返す。

体《たい》が離れた。

大河原右近が肩で一つ息をついた。

剣豪同心は見抜いた。

鍛錬をしていないせいで、すぐ息が上がってしまうのだ。

「どうした。もう打ってこられぬか、腰抜けめ」

月崎同心は挑発した。

「家門しか誇れるものがなく、おのれは何の研鑽《けんさん》も積まず、民に悪さをするばかり。うぬは江戸の鼻つまみ者よ。恥を知れ」

重ねて言う。

「うおおおおおっ」

箍《たが》が外れたような声を発すると、大河原右近はまた斬りかかってきた。

醜い剣だ。

「てやっ」

一撃で払いのける。

敵の足元が乱れた。

剣豪同心が踏みこむ。

「慈悲だ」

峰打ちの剣が炸裂した。

ぐわんっ、と鈍い音が響く。

大河原右近が目を剝《む》いた。

脳天に激しい一撃を食らったならず者は、踊るように二、三歩よろめいたかと思うと、どうと横倒しになって動かなくなった。

峰打ちゆえ、一命は取り留めた。

二ツ木伝三郎に脳天を打たれた瀬島新之丞もそうだ。

しかし……。

悪党どもに加えられた制裁の剣は厳しかった。

命だけは助かったものの、どちらもおのれの名すら思い出せなくなった。

不埒者どもが、もう二度と悪事を働くことはなかった。

第九章　再び消えた駕籠

一

「このたびは本当にありがたく存じました」

小伝馬町の袋物問屋、梅屋のあるじの庄兵衛が深々と頭を下げた。

梅の模様をあしらった巾着《きんちゃく》などが評判の見世《みせ》だ。

「ありがたく存じました」

娘のおいとも緊張気味に一礼した。

御殿山で危ないところを助けてもらった御礼に、菓子折と見世であきなっている上物の巾着を手土産《てみやげ》に親子で訪れたところだ。

「無事でよろしゅうございましたな」

そう答えたのは、自彊館《じきょうかん》の道場主の芳野東斎だった。

「手代さんはいかがでしたか」

師範代の二ツ木伝三郎が問うた。

「まだ少し頭が痛くなることはあるようですが、お医者さまの診立《みた》てでは大事には至るまいと」

庄兵衛が答えた。

「それは何よりで」

師範代が白い歯を見せた。

「助けていただいた門人の皆さまが見えましたら、どうかくれぐれもよしなにと」

庄兵衛がまた腰を折る。

「承知しました。剣豪同心と鬼与力に伝えておきましょう」

道場主が請け合った。

「そこの江戸屋にふらっと顔を見せるかもしれませんよ」

二ツ木伝三郎が身ぶりをまじえた。

「さようですか」

梅屋のあるじがそちらのほうを見た。

「出前もやっている飯屋です。駕籠屋も飯屋も同じ江戸屋なのですが」

老齢の道場主が言った。

ちょうど稽古《けいこ》を終えた門人たちも話の輪に入ってきた。

「われわれもちょくちょく食べに行きます」

「せっかくだから召し上がっていったらいかがでしょう」

「どの料理もおいしいですよ」

笑みを浮かべて口々に言う。

「では、ちょうどおなかもすいたし、ごあいさつがてら行ってみようかね」

梅屋のあるじがおいとのほうを見て言った。

「はい」

跡取り娘がうなずいた。

二

中食《ちゅうじき》の膳の顔は、戻り鰹《がつお》の手こね寿司だった。

脂《あぶら》の乗った戻り鰹をづけにして、寿司飯の上に豪快に載せ、もみ海苔《のり》や青紫蘇《あおじそ》や生姜《しょうが》を散らす。もとは伊勢《いせ》や紀州《きしゅう》の船乗りの料理だ。

「娘さんにはちょいと量が多いかもしれませんが」

飯屋のあるじの仁次郎が笑みを浮かべた。

「食べられるだけでいいからね」

梅屋のあるじが言った。

「でも、おいしいので」

おいとはそう言ってまた箸《はし》を動かした。

「おっ、同じ娘でも胃の腑《ふ》が違うやつが来たぜ」

客の一人が言った。

飯屋へ入ってきたのは出前番のおすみだった。

「大男にも引けを取らない大食いで」

おかみのおはながおすみのほうを手で示した。

「悪かったですね」

おすみが笑う。

「出前かい？」

仁次郎が訊《き》いた。

「はい。南町奉行所へ八人前」

おすみは小気味よく告げた。

「はいよ。月崎の旦那《だんな》のところだな」

仁次郎はそう言うなり手を動かしだした。

「奉行所にも出前をされているんですか」

庄兵衛が箸を止め、驚いたようにたずねた。

「ええ。同心の月崎さまがよく注文してくださってるんです。火盗改方の与力の長谷川さまも」

おすみがはきはきと答えた。

「剣豪同心と鬼与力のお二人は、道場の稽古のあとによくうちにも来てくださっていますよ」

おかみが告げた。

「そのお二人は、われわれの危難を救ってくださいましてね。いまそこの道場へ御礼に行ってきたところなんです」

梅屋のあるじは少しぼかしたかたちで伝えた。

「さようですか。危難を」

おはながうなずく。

「そりゃ何よりで」

「さすがは旦那がた」

客の駕籠かきたちが機嫌よく言った。

「ありがたいことで」

庄兵衛が軽く両手を合わせた。

「けんちん汁も心にしみるようなお味で」

おいとがしみじみと言った。

「具もたくさんだからね」

と、庄兵衛。

「これだけで胃の腑が一杯になりそう」

跡取り娘が笑みを浮かべた。

そこへ為吉が顔を出した。そろそろ出前の膳がそろう頃合いだ。

「なるほど、出前のための駕籠があるんですね」

梅屋のあるじが表を見て言った。

「ええ。八人前まで運べます」

おすみが言った。

「よし、上がったよ」

仁次郎が厨《くりや》から言った。

「いま運びますんで」

修業中の吉平がいい声で告げる。

ほどなく、南町奉行所へ向かう出前駕籠の支度が整った。

「はあん、ほう……」

「はあん、ほう……」

為吉とおすみは、息の合った掛け声を発しながら運んでいった。

三

「あと少し」

おいとが箸を動かした。

「晩はもう食べなくてもいいな」

庄兵衛が笑みを浮かべる。

「もう入らないから」

おいとが苦笑いを浮かべた。

「見世の中食はこれにかき揚げがつくからよ」

「こんなでけえやつが」

客の一人が身ぶりをまじえた。

「それだと、わたしでも食べきれなかったでしょう」

梅屋のあるじがそう言って茶を啜《すす》った。

「天麩羅《てんぷら》はやっぱり揚げたてじゃないとおいしくないので、出前には入れないようにしてるんです」

おかみが言った。

「揚げたてのかき揚げに塩を振って召し上がっていただくのがうちの出し方で」

あるじも和す。

「汗をかいたあとは塩気がいちばんで」

「ここのかき揚げはぱりっとしてるからよ」

「かき揚げ丼もまたうめえんだ」

客が口々にそう言っているとき、常連が二人のれんをくぐってきた。

大五郎親分と子分の小六だった。

「おう、膳はまだできるかい」

親分が訊いた。

「はい、ございますよ」

おかみが打てば響くように答えた。

「おいらは蕎麦《そば》をたぐったから」

小六が右手を挙げた。

「胃の腑が小せえな。おいらも食ったが、まだまだ入るぜ」

十手《じって》持ちが笑った。

ここでようやくおいとが手こね寿司を食べ終わった。

「おお、食ったのかい」

「そりゃ大したもんだ」

「さっきのおすみだったら三人前くらいぺろりと食うけどよ」

江戸屋の駕籠かきたちが言う。

おいとは恥ずかしそうに頭を下げた。

「見慣れねえ顔だな。どこからだい」

大五郎親分が問うた。

「小伝馬町の袋物問屋、梅屋のあるじでございます。このたびは、そこの道場のみなさんに娘を助けていただき、御礼にまかり越した帰りで」

庄兵衛が答えた。

「月崎の旦那たちがお働きだったそうで」

おはなが伝えた。

「そうかい。小伝馬町なら、出前も行けそうだな」

大五郎親分が言った。

「ああ、さようですね。うちはせいぜい四人前くらいしかお頼みできないんですが」

と、庄兵衛。

「四人前なら充分ですよ。ぜひよしなに」

おかみが如才《じょさい》なく言った。

ここで膳が出た。

かき揚げ付きだから、盆一杯の量だ。

「おう、来た来た」

十手持ちがさっそく箸を取った。

「かき揚げだけなら入るかな」

小六がちらりと見て言った。

「人が食ってるものを見ると食いたくなるだろう」

大五郎親分はそう言うと、かき揚げを箸で割り、わしっと豪快にほお張った。

「そのとおりで」

小六が苦笑いを浮かべた。

「いま揚げますので」

厨から仁次郎が言った。

「なら、手前どもはこれで」

梅屋のあるじが娘に目配せしてから立ち上がった。

「ありがたく存じました」

おかみが笑顔で言う。

「次は出前をお願いしますので」

庄兵衛も笑みを浮かべた。

「お待ちしております」

おはながきれいな礼をした。

四

こうして和気が漂った江戸屋に暗雲が忍び寄ったのは、その晩のことだった。

もっとも、飯屋に賊が押し入ったりしたわけではない。変事が分かったのは、翌朝のことだった。

ふわあっ、と一つ若い駕籠かきがあくびをした。

江戸屋の跡取り息子の松太郎だ。

早起きしたから眠いが、致し方ない。今日は当番だから、朝一番に駕籠をあらためなければならない。

早いもので師走《しわす》が近い。朝の風は冷たく、耳が痛くなるほどだった。

向こうから人が近づいてきた。

「おはようございます」

そうあいさつしたのは、飯屋で修業中の吉平だった。

「おう、早いな」

松太郎は右手を挙げた。

「へい、下ごしらえを頼まれてるんで」

吉平は答えた。

「だんだん大事なつとめをまかされるようになってきたんだな」

松太郎は笑みを浮かべた。

「ありがてえこって」

若い料理人も笑みを返した。

「よし、さっとあらためるか」

松太郎は駕籠に歩み寄った。

「手伝いますよ」

吉平も続く。

「手伝ってもらうほどのことじゃねえけどよ」

そう言いながら、松太郎はまず一番の駕籠を指さした。

ちゃんとあるかどうか、指さしてたしかめながら進む。

「あれっ？」

途中で吉平が声をあげた。

「どうした」

松太郎が問う。

「一挺《いっちょう》だけないみたいな」

吉平がそう言いながら足を速めた。

「奥から二番目か」

松太郎も続いた。

前に盗まれた八番の宝仙寺駕籠はちゃんとあった。姿が見えないのは、十一番の四つ手駕籠だった。

「まだ帰ってきてないんでしょうか」

吉平がいぶかしそうな顔つきになった。

「いや、綱があるぞ」

松太郎の顔つきが変わった。

「何か貼ってあります」

吉平が指さした。

「……やられた」

松太郎が何とも言えない表情で言った。

十一番の駕籠がつながれていた綱は、ぶっつりと切られていた。その短くなった綱に、短冊のような紙が貼りつけられていた。こう記されていた。

思ひ知れ　　火

五

「残党のしわざだろうな」

月崎同心が苦々しげに言った。

さっそく奉行所まで若い者を走らせ、また駕籠が盗まれたことを告げた。すでに手下は調べに動いているようだ。

「まさか、またやられるとは」

甚太郎も顔をしかめた。

「今度も悪いことに使われなきゃいいけど」

おかみのおふさが案じ顔で言う。

「わざわざ『火花の龍平』の『火』と書いてきやがったんだから、どう考えても意趣返しだろうな。あっけなくお仕置きになったかしらの弔《とむら》い合戦のつもりだろう」

月崎同心はそう言って茶を啜った。

「なら、破れかぶれで悪さを仕掛けてくるかもしれませんな」

甚太郎の眉間《みけん》にすっと縦にしわが寄った。

「葛西で取り逃がしたのは三人だった。ほかに残党がいたとしても、そう数は多くねえだろう」

と、同心。

「なら、気をつけないと」

おふさが言った。

「前に出前駕籠が狙われたことがあるから、初めての頼み先には注意だな」

月崎同心は残りの茶を呑み干した。

「飯屋のほうにもつないでおかないと」

甚太郎が言った。

「おう、頼む。おれは道場につないでくる。火盗改方にもな」

剣豪同心がきびきびと言った。

「お願いいたします。残党が捕まらないと、枕を高くして寝られないので」

おふさが言った。

「苦しまぎれに手を出してきただけだ。そのうち墓穴を掘るだろう」

月崎同心が答えた。

出前駕籠にはまだ早いが、為吉とおすみが支度を整えて姿を現した。

松太郎は泰平と組んですでにつとめに出ている。

「なじみのねえ出前先に気をつけてくれ」

月崎同心が言った。

「承知で。危なそうなところは、おすみちゃんじゃなくて控えの巳之吉さんと行きますので」

為吉が言った。

「巳之吉も若くはねえからな」

同心は腕組みをした。

「では、どうします？」

おふさが問うた。

月崎同心は、何かに思い当たった顔つきで腕組みを解いた。

そして、思い浮かんだことを手短に伝えた。

六

中食の時になった。

ほかほかの飯に江戸前の牡蠣《かき》の時雨煮《しぐれに》、鱚《きす》と甘藷《かんしょ》の天麩羅に鰯《いわし》のつみれ汁。いつもながらのにぎやかな膳だ。

「いらっしゃいまし」

姿を現した大五郎親分と子分の小六に、おかみのおはなが声をかけた。

「おう、朝から駆けずり回ってたから腹が減ったな」

大五郎親分が土間の茣蓙《ござ》の上であぐらをかいた。

「何か分かりましたかい？」

「またやられちまって、その話で持ちきりで」

江戸屋の駕籠かきたちが言った。

「いや、これからだ」

大五郎親分が答えた。

「そのうち尻尾《しっぽ》を出すだろうから」

と、小六。

「まあそのあたりは、すでに月崎の旦那が網を張ってるからな……お、来た来た」

十手持ちがさっそく手を伸ばして盆を受け取った。

いつもながらの大盛りの飯だが、牡蠣の時雨煮だけでもわしわしと食すことができる。生姜を加えてていねいにあくを取り、こっくりと味を含ませた時雨煮はこれよりないほどの飯の友だ。

「つみれがうめえな」

小六も満足げに言った。

こちらも生姜のしぼり汁が臭みをうまく消している。

「鱚も甘藷もちょうどいい揚げ加減だ」

大五郎親分が笑みを浮かべた。

またのれんがふっと開き、続けざまに客が入ってきた。

「いらっしゃいまし。空いているところにどうぞ」

おはなのいい声が響く。

三人の客が二手に分かれて座った。一組は近くの河岸で働く者たちで、しばしば食べに来てくれる常連だった。もう一人はあまり見かけない顔で、棒手振《ぼてふ》りだろうか、頬被《ほおかぶ》りをしている。

「そろそろ出前も来るぞ」

厨で手を動かしながら、あるじの仁次郎が言った。

「へーい」

吉平がすぐさま答える。

膳は次々に出た。

新たに入ってきた客も箸を動かす。

「中食がいちばんの楽しみだな」

「いい飯屋が近くにあってよかったぜ」

河岸の男たちが表情をゆるめた。

一方、もう一人の頬被りの客は、黙々と箸を動かしながら見世のほうぼうに目をやっていた。

「なら、また来るぜ。うまかった」

大五郎親分が腰を上げた。

「毎度ありがたく存じます」

「ご苦労さまでございます」

飯屋の夫婦の声が響いた。

七

その日は新たな得意先の出前があった。

もっとも、すわと身構えるようなところではなかった。

小伝馬町の梅屋だ。

「梅屋なら、おすみと為吉でいいだろう」

話を聞いた甚太郎が言った。

「素性《すじよう》が分かってるからね」

いったん戻ってきた跡取り息子の松太郎が言う。

「四人前だと、出前はもう終わりかな」

おすみが言った。

いま為吉が飯屋へ伝えにいったところだが、遅めだからそろそろなくなる頃合いだ。出前にかぎって、天麩羅の代わりに蛸《たこ》と小芋の煮合わせがつく。

ややあって、為吉があわただしく戻ってきた。

「出前は梅屋さんで終《しま》いで」

為吉は答えた。

「なら、器を下げるまで近くで」

おすみが笑みを浮かべた。

「今日の旦那の出番はなさそうだな」

甚太郎が言った。

「駕籠が盗まれたその日に仕掛けてくるのは早すぎるから」

松太郎があごに手をやった。

「よし、そろそろ行くか」

為吉が言った。

「はいよ」

もう若女房の顔でおすみが答えた。

梅屋への出前は滞《とどこお》りなく終わった。

評判は上々だった。ことに好評だったのは牡蠣の時雨煮だった。

「これだけでたくさんご飯をいただけます」

わざわざ出てきた庄兵衛が笑みを浮かべて言った。

「お茶漬けにしたら、なおのことおいしかったです」

娘のおいとも満足そうだった。

「ありがたく存じます」

「ここまで運んできた甲斐《かい》があります」

出前番の二人の声が弾んだ。

「またよしなにお願いいたします」

梅屋のあるじがていねいに頭を下げた。

「楽しみにしています」

娘も和す。

こうして、また一つ人情めし江戸屋の上得意が増えた。

第十章　残党動く

一

盗まれた江戸屋の四つ手駕籠《かご》が見つかったのは、その晩のことだった。

ただし、そのままのかたちで見つかったわけではなかった。大川端で見つかった駕籠は、何者かによって火をつけられていた。

幸い、見廻りの火消し衆が気づいたため、燃え広がることはなかったが、駕籠はあらかた燃えてしまった。

それでも、ほうぼうに刻まれていた文字で江戸屋の駕籠だと分かった。「十一」という番号もたしかめることができた。江戸屋から盗まれた駕籠に相違ない。

薬研堀のほうで不審な二人組が目撃されていた。夜も更けているのに、提灯《ちょうちん》も提げず空の駕籠を担いでいたらしい。

どうやらそのあとで火をつけて立ち去ったようだ。怪しい二人組は頰被《ほおかぶ》りをしていたため、面体《めんてい》は分からなかった。

江戸屋の駕籠が大川端で燃やされたことは、翌日、下っ引きの小六が江戸屋に伝えた。

「そうか。燃やされたのか」

甚太郎が苦々しげに言った。

「へい。大きな火事にならなかったのは幸いで」

小六が言う。

「もし大火になってたら後生《ごしょう》が悪いから」

おふさがあいまいな顔つきで言った。

「今度はうちに火をつけられなきゃいいけど」

おすみも案じ顔だ。

「しっかり戸締まりをして、備えをしておかないとな」

甚太郎が引き締まった表情で言った。

「日中は月崎の旦那《だんな》が目を光らせてますんで」

と、小六。

「そのあいだに動いてくれたらいいんだが」

甚太郎が腕組みをした。

「動くとしたら……」

おすみが言葉を呑みこんだ。

「出前だろうな」

駕籠屋のあるじはそう言って腕組みを解いた。

二

浅草《あさくさ》の並木町《なみきちょう》の一角に、真新しい看板が掛けられた。

剣術指南　火龍館

そう記されている。

新たな道場のようだ。

江戸に道場は数多い。どうやら無人になった道場を居抜きで買ったらしく、畳はかなり古びていた。

その畳の上で三人の男があぐらをかき、朝から茶碗酒を呑みながらさきほどから相談をしていた。

「いよいよ、かしらの恨みを晴らすときが来ましたな」

目つきの悪い男が言った。

「わしの出番が来るまでに捕縛され、お仕置きになってしもうたからな」

無精髭《ぶしょうひげ》を生やした偉丈夫《いじょうふ》があいまいな顔つきで言った。

「江戸へ来たらあれもこれもといろいろ手を打ってたのに、何もかも台無しにされてしもたんで」

頬被りをした男がそう言って舌打ちをした。

「いや、ここから巻き返しや。手始めに江戸屋から金をせしめて、もっと大きな隠《かく》れ蓑《みの》になる見世《みせ》をやったらええ」

盗賊の残党が言った。

火花の龍平はお仕置きになったが、その火種はまだくすぶっていた。火龍館《かりゅうかん》という道場の名は盗賊にちなんでいる。

葛西での捕り物では、かしらを見捨てるかたちで我先にと船で逃げ出したのだが、まあそこはそれだ。かしらの弔《とむら》い合戦ということにしているうちに、だんだん気が盛り上がってきた。

もっとも、残党も一枚岩ではなかった。船で逃げたのは三人だが、そのうちの一人は見切りをつけてゆくえをくらましてしまった。

残った二人と、火花の龍平がかねて声をかけていた腕に覚えのある浪人が新たなねぐらを構え、いよいよ動き出すところだ。

「なら、さっそくやるか」

道場主に扮《ふん》している浪人が言った。

「善は急げ、ですさかいに」

頰被りの男が両手を打ち合わせた。

「縄とか猿轡《さるぐつわ》にする手拭《てぬぐ》いとか、支度してるんで」

目つきの悪い男がそう言って残りの酒を呑み干した。

「腕が鳴るのう」

髭面《ひげづら》の偉丈夫が立ち上がった。

どうやら素振りをするようだ。

「なら、ここへ運ばせますんで」

頬被りの男が身ぶりをまじえた。

「おう、頼む」

木刀をつかんだ浪人が答えた。

「待ってるで」

仲間の声が響いた。

「こら楽しみや、ふふ」

頬被りの男が嫌な笑みを浮かべた。

三

「これだけで三杯飯だな」

飯屋の客の一人が言った。

近くの河岸で働く者たちが中食《ちゅうじき》に来た。江戸屋の駕籠かきたちもいるから、土間まで一杯だ。

「ここの照り焼きは、たれの味が濃いからよ」

「鰤《ぶり》も脂《あぶら》が乗っててうめえ」

客は口々に満足げに言った。

今日の中食の膳は、鰤の照り焼きに串揚げ、それに、具だくさんのけんちん汁だ。さらに大根菜の胡麻和えと香の物がつく。江戸屋ならではのにぎやかな膳だ。

「この串揚げは鶏《とり》かい？」

客の一人が訊《き》いた。

「ええ。鶏は伝手《つて》があるもので」

おかみのおはながすぐさま答えた。

「食わず嫌いだったが、串揚げにするとうめえな」

「こっちの甘藷《かんしょ》もうめえぜ」

「ほくほくしててよう」

客はみな笑顔だ。

そんな調子で中食が進んでいたとき、頬被りをした男が一人、あたりの様子をうかがいながら入ってきた。

「出前の注文をお頼みしたいんですが」

腰を低くして言う。

「はい、出前でございますね。どちらまででしょう」

おはなが問うた。

「ちょいと遠いんですが、浅草の並木町の角の道場まで。こちらの中食がうまいという評判を道場主が聞きつけたもので」

頬被りの男が笑みを浮かべて告げた。

「さようでございますか」

笑みを返したとき、おはなは気づいた。

客商売だから、人の顔はよく憶えるたちだ。

このお客さん、前にも見かけたことがある。

たしか、そのときも頬被りをしていた……。

「何人前さまで?」

厨《くりや》で手を動かしながら、仁次郎が問うた。

「何人からっていう決まりはあるんですかい」

客が問い返す。

「浅草の並木町だと少々遠いですから、四人前さまからということで。初めてでございますよね」

飯屋のあるじはそう答えて、客のいでたちをしげしげと見た。

見たところ荷車引きのような恰好《かっこう》だ。道場の小者がつなぎに来たと考えれば平仄《ひょうそく》は合うが、板についていないような気もした。

「なら、四人前で」

頬被りの男が答えた。

おはなは軽く首をかしげた。

初めから出前の数は決まっているはずなのに、いま決めたかのような答えだった。

「承知しました。ただ、いまは見世も混んでるので、四半刻《しはんとき》（約三十分）後にまた来ていただけますでしょうか。そのあいだに支度を整えますので」

仁次郎が告げた。

「運び役はいるんですな？」

男が問う。

「出前駕籠で浅草まで運びますので」

おかみが答えた。

「おまかせくださいまし」

仁次郎も和す。

「なら、また四半刻後に」

頬被りの男はさっと右手を挙げて出ていった。

四

出前駕籠の支度が整うまで、江戸屋の動きはいささかあわただしかった。

飯屋のおかみから話を聞いた駕籠屋のあるじは顔色を変えた。

「来たかもしれねえ」

跡取り息子の松太郎に言う。

「なら、伝えてきまさ」

松太郎はすぐさま動いた。

若い駕籠かきが急いで駆けつけたのは道場だった。

注文があった浅草の道場ではない。すぐそこの自彊館《じきょうかん》だ。

松太郎がわけを話すなり、稽古《けいこ》の動きが止まった。

「そうか」

「いよいよ出番ですか」

「おう、頼む」

短いやり取りが交わされる。

それから、駕籠屋の跡取り息子に声がかかった。

この先の段取りが伝えられる。

「へい、承知で」

気の入った声で答えると、松太郎はいっさんに駆けだしていった。

跡取り息子は駕籠屋に戻って父に首尾を伝えた。

「なら、頼む」

甚太郎が言った。

「ここは気張りどころよ」

母のおふさが水を汲《く》んだ柄杓《ひしやく》を渡した。

「ああ、分かってる」

そう答えると、松太郎は柄杓の水を一気に呑み干した。

「よし、行ってこい」

甚太郎が身ぶりをまじえた。

「承知で」

気の入った声で答えると、松太郎はまたいずこかへ駆けだしていった。

五

「お待たせいたしました。いまできたてをご用意しますので」

おはながにこやかに告げた。

「まだ待たせるのかい」

頬被りの男がやや不満げに言った。

「すぐですから。温石《おんじやく》も入ってますが、なるたけできたてのほうがおいしいので」

と、おはな。

「鰤の照り焼きは冷めてもおいしいんですが、串揚げとけんちん汁はあったかいほうがいいですからね」

厨から仁次郎の声が響いた。

「しょうがねえな。待ってやらあ」

少ししびれを切らした男が言った。

ほどなく、支度が整った。

出前駕籠に倹飩箱《けんどんばこ》が付けられる。

「なら、お願いします」

おはなが言った。

「へい」

「承知で」

先棒と後棒の声がそろった。

どちらも頰被りをしていた。上背があり、楽々と出前駕籠を担ぐ。

「はあん、ほう……」

「はあん、ほう……」

掛け声を発しながら進んでいく。

初めのうちは板についていないような感じだったが、途中からは動きがなめらかになってきた。

出前を頼みに来た頰被りの男も、小走りでついてきた。

だんだん息があがってきたらしく、いくたびか額の汗をぬぐう。

そのうしろから、ひそかに後をつけている者がいた。

つかず離れず、様子をうかがいながら出前駕籠を追う。

それは、もと猫又の小六だった。

六

「あそこで」

頬被りの男が手で示した。

「剣術指南、火龍館、か」

先棒が看板の字を読み上げた。

ほどなく出前駕籠が止まった。

「お待たせしました、江戸屋でございます」

出前を運んできた男の声が響いた。

「おう」

中から髭面の男が出てきた。

その顔に、いぶかしげな色が浮かんだ。

案に相違したという顔つきだ。

出前を運んでくるのは、易々《やすやす》と縛りあげられる町人だと思っていた。話によれば、娘が出前駕籠を運ぶこともあるらしい。

ならば、なおのこと好都合だとほくそ笑んでいたのだが、いざ出前を運んできたのはどちらも強そうな男だった。

「四人前でございますね」

先棒の男が倹飩箱を下ろした。

注文は四人前だが、つなぎに来た男を含めても三人しかいないのはなかなかにいぶかしいことだった。

「そうだ。そこへ置いてくれ」

用心棒風の男が奥の畳を指さした。

「承知で」

「手伝いましょう」

後棒も手伝い、倹飩箱から膳を出そうとしたとき、異変が起きた。

素早くうしろに回った浪人が木刀を振り上げたのだ。

だが……。

その動きはすでに見切っていた。

先棒だった男はやにわに振り向き、ふところからあるものを取り出した。十手《じって》だ。

「われこそは、南町奉行所隠密廻り同心、月崎陽之進なり」

剣豪同心が名乗りを挙げた。

こういうこともあろうかと、道場に詰めて機をうかがっていたのだ。

「自彊館師範代、二ツ木伝三郎なり」

後棒も名乗る。

浪人と二人の残党の顔つきが変わった。

七

「何やこれは」

残党の一人が声をあげた。

あてが外れて、すっかり動揺している。

こんなはずではなかった。弱々しい出前運びの二人を縛り上げ、のちに身代金をたんまりとせしめて鼻を明かすつもりだったのだが、もう遅い。

「先生、頼んます」

縄を手にしていたもう一人が切迫した声で言う。

「おう」

髭面の偉丈夫が前へ進み出た。

「待て」

いち早く逃げようとした賊の前に、自彊館の師範代が立ちはだかった。

葛西の捕り物で、かしらを見捨てて船で逃げた連中だ。逃げ足は早い。

「えーい、どけっ」

残党はふところから匕首《あいくち》を取り出した。

やみくもに振り回してくる。

出前駕籠を担いできた二ツ木伝三郎は丸腰だ。さすがに素手で立ち向かうことはできない。

だが……。

やつしとはいえ道場だ。壁際に木刀が据えられていた。

あれだ。

師範代は素早く動いた。

木刀をつかみ、すぐさま敵に立ち向かう。

「ぬんっ」

鋭く振り下ろす。

小手だ。

鍛えの入った木刀は、賊の手首をしたたかに打った。

「ぐわっ」

敵の手から匕首が落ちた。

いまだ。

二ツ木伝三郎は隙を見逃さなかった。

再び木刀を振るう。

がんっ、と鈍い音が響いた。

賊が白目を剝《む》く。

匕首で襲ってきた賊は、脳天をしたたかに打たれ、ゆっくりとあお向けに倒れて動かなくなった。

八

「御用だ」

「御用」

町方の捕り方がなだれこんできた。

小六がいち早くつないだおかげで、陣立てはすでに整っていた。

大勢の敵なら、長谷川与力につないで火盗改方の力も借りるところだが、これくらいなら町方だけで充分すぎるほどだ。

捕り方には閂《かんぬき》の大五郎親分もまじっていた。ひときわ大きな体だから、いやでも目立つ。

「どかんかい」

もう一人の賊がわめいた。

「神妙にしろ」

「御用だ」

捕り方が詰め寄る。

「えーい、どけっ」

もう一人の賊が逃げ出した。

その前に、ぬっと塗り壁のごとき大男が立ちはだかった。

大五郎親分だ。

「食らえっ」

強烈な張り手が見舞われた。

ばちーん、と大きな音が響く。

たちまち鼻の骨が折れ、鼻血が飛び散った。

もと力士はのど輪をかました。

敵の体がいとも易々と浮きあがる。

さらに張り手が見舞われる。

「ぐわっ」

今度は歯がまとめて折れた。

二度、三度と張り手が続く。

賊の顔はずたずたの赤い提灯《ちょうちん》のように変じていった。

「親分、とどめだ」

小六が叫んだ。

「おう」

大五郎はよろめく賊のひじを両の腕《かいな》できめた。

そのまま途方もない力で振り回す。

「ぐえええええっ」

賊が悲鳴をあげた。

骨がばきばきと音を立てて折れる。

満身創痍《まんしんそうい》の賊は、道場の畳にくずおれた。

「御用だ」

「御用」

たちまち捕り方が縛りあげた。

九

残るは道場主に扮した用心棒だけになった。

用心棒はいち早く道場の奥へ向かい、おのれの剣を携《たずさ》えてきた。

片や、月崎同心は町方の十手だけだ。

これだけで受けきるのは至難の業だ。

「死ねっ」

用心棒は剣を振るった。

かなり力強い剣だ。

「うっ」

剣豪同心は思わず声をあげた。

どうにか十手で受けたが、手首ばかりか心の臓にまで痛みが走った。

これではいかん。

そもそも、十手では受ける一方だ。

月崎同心は壁際を見た。

木刀のほうがまだしもだ。

そう考えた月崎同心は、滑るように壁際へ身を動かした。

「待て」

用心棒の剣が横ざまに振るわれる。

剣風《けんぷう》を感じたが、届きはしなかった。

剣豪同心は木刀をつかんだ。

「てやっ」

用心棒がすぐさま斬《き》りこんできた。

身をかわし、木刀を構える。

陽月流の遣《つか》い手は敵の息遣いを見た。

真剣と木刀とでは斬り合いはできないが、なるたけ敵を疲れさせ、機をうかがうことはできる。

いや、それしかない。

月崎同心は肚《はら》をくくった。

「臆《おく》したか」

手が止まった敵に向かって、剣豪同心は声を発した。

「木刀ごときに臆すものか。てえーい」

挑発に乗った用心棒が攻めこんできた。

身をかわし、木刀を鋭く動かして敵の剣を払う。

ひざをえまし、後《ご》の先《せん》の剣を振るう。柳生新陰流免許皆伝の剣士ならではの動きだ。

「食らえっ」

二度、三度と敵は斬りかかってきた。

そのたびに、剣豪同心が木刀でいなす。

長い戦いになった。

月崎同心は敵の目を見た。

そこにはまぎれもない焦《あせ》りの色が浮かんでいた。

疲れも見えた。

肩が小さく上下に揺れている。

息があがってきた証《あか》しだ。

剣豪同心の動きが変わった。

木刀が下がる。

いままで見せなかった下段の構えだ。

「きえええええーい」

気合いの声を発しながら間合いを詰める。

気圧《けお》された用心棒が剣を構えた。

だが……。

それは一瞬遅かった。

剣豪同心は床を蹴った。

木刀を振り上げた身が宙に舞う。

「とおっ」

次の刹那《せつな》、剣豪同心の木刀が振り下ろされた。

それは無防備な用心棒の脳天をしたたかに打った。

ぐわんっ、と鈍い音が響いた。

用心棒は前のめりに倒れて動かなくなった。

十

捕り物は終わった。

伸びてしまった三人は、町方によって奉行所へ運ばれていった。

「悪いが、おれも行かねばならん。出前駕籠を江戸屋へ戻してくれるか」

月崎同心は二ツ木伝三郎に言った。

「承知しました。もう一人の担ぎ役は……」

師範代はあたりを見回した。

「おいらがやりまさ」

小六が手を挙げた。

「四人前の出前はどういたしましょう」

二ツ木伝三郎が問うた。

「四人前なら食えるだろう、親分」

同心がにやりと笑った。

「いや、中食は食ってから来たんで、さすがに四人前は」

大五郎親分は首をひねった。

「なら、そのへんを歩いてるやつにただで食わせてやってくれ」

月崎同心は答えた。

「承知で。まあ二人前くらいなら入るんで」

もと相撲取りが腹をぽんとたたいた。

月崎同心が率いる捕り方が引き上げたあと、十手持ちとその子分が飯を食わせる者を探していると、あきないを終えて長屋に戻るところとおぼしい二人の棒手《ぼて》振《ふ》りに出くわした。顔が似ているから兄弟かもしれない。

「中食の膳が余ってるんだが、食っていかねえか」

大五郎親分が声をかけた。

「江戸屋のうめえ膳をただで食い放題だ」

小六も言う。

「えっ、ただですかい？」

「帰って長屋で茶漬けでも食おうかと思ってたんですが」

棒手振りたちが言った。

「おう、食ってくれるならありがてえ。わけあって、四人前の出前が空振りになっちまってな」

「さあさ、入った入った」

十手持ちと子分が愛想良く言った。

「なら、食っていくか」

「そうだな、兄ちゃん」

相談はただちにまとまった。

兄は寅太郎《とらたろう》、弟は卯太郎《うたろう》、年子の兄弟はどちらも野菜の棒手振りだった。砂村《すなむら》や三河島村など、ほうぼうで穫《と》れた野菜を朝早くから売り歩くあきないだ。長屋ばかりでなく、料理屋などにも品をおろしているらしい。

「ああ、こりゃうめえな」

鰤の照り焼きを食すなり、寅太郎が言った。

「串焼きもうめえぜ、兄ちゃん」

卯太郎も和す。

「飯の炊《た》き方がまたうめえだろう。粒が立った江戸屋の飯は江戸一だ」

おのれも箸《はし》を動かしながら、大五郎親分が言った。

大食いの十手持ちが二膳、野菜の棒手振りの兄弟が一膳ずつ。それできれいに捌《は》ける。

「けんちん汁がまたうめえ」

「人参と牛蒡《ごぼう》と葱《ねぎ》が入ってら」

兄弟が満足げに言った。

「気に入ったなら、江戸屋にも行ってやってくんな。場所を教えるから」

大五郎親分が言った。

「京橋にも近い」

「南伝馬町二丁目の角を曲がった松川町《まつかわちょう》だ。京橋にも近い」

十手持ちが答える。

「通りに駕籠屋と道場があるからすぐ分かるはずだ」

師範代も言う。

「京橋のあたりなら、ほかにも得意先があるんで」

「今度行ってみまさ」

野菜の棒手振りの兄弟はそう言うと、また小気味よく箸を動かした。

「これで帰りは楽ですな」

平らげられた膳を指さして、小六が言った。

「とんだ出前だったが、首尾よく終わってくれた」

ほっとした顔で師範代が答えた。

「どれもうまかったけど、けんちん汁の人参だけはいま一つだったかな」

寅太郎が言った。

「そうか？　普通にうまかったが」

大五郎親分がけげんそうな顔つきになった。

「おいらたちが扱ってる砂村の人参は味が濃いんでさ」

卯太郎が自慢げに言った。

「毎日ってわけにゃいかないけど、江戸屋にも届けますぜ」

「その前に見世で食わなきゃ、兄ちゃん」

「ああ、そうだな。さっそく明日にでも行ってみよう」

段取りはすぐ決まった。

空になった器を倹飩箱に入れ、出前駕籠に下げた。

「なら、おいらたちはこれで」

「ごちそうさんで」

棒手振りの兄弟が軽く右手を挙げた。

「おれも奉行所に顔を出してくらあ」

大五郎親分が言った。

ほどなく、帰りの出前駕籠が動きだした。

師範代と下っ引きの足取りは軽やかだった。

終　章　師走の出前駕籠

一

翌日――。

野菜の棒手振《ぼてふ》りの兄弟はさっそくやって来た。

「おっ、ここだよ兄ちゃん」

卯太郎が指さした。

「いい匂いだ。腹減ったな」

天秤棒《てんびんぼう》を担いだ寅太郎が答えた。

「ここに置かせてもらうか」

卯太郎が足を止める。

「おう、隣に置かせてもらうぜ」

寅太郎が声をかけたのは二匹の猫だった。

みやとさばの親子猫だ。さばの模様はだいぶくっきりしてきた。

大きな笊《ざる》の中にはまだ売り物が残っていた。

人参に大根に甘藷《かんしょ》に葱《ねぎ》。どれもみなうまそうな野菜だ。

「ごめんよ」

兄弟は江戸屋ののれんをくぐった。

「いらっしゃいまし」

おはながすぐさま声をかける。

「十手《じって》持ちの大五郎親分から聞いてきたんだ」

寅太郎が言った。

「あっ、親分さんから聞いてます。昨日はお働きで」

おかみがにこやかに言った。

「お働きって、余った中食《ちゅうじき》の膳をただで食わせてもらっただけだがよ」

「それで、野菜を見せがてら来てみたってわけで」

兄弟はそう言って、座敷の空いているところに座った。

「さようですか。では、まずはお膳から。残りが少なくなってきたので」

おはなが言った。

「おう、頼んます」

「ちょいと迷ったんで」

「やれやれ、やっと飯にありつける」

野菜の棒手振りの兄弟は、ほっとした顔つきになった。

「今日の膳はうめえぜ」

「今日も、だよ」

「たしかに、まずかったことはねえな」

先客の駕籠かきたちが言った。

「そうかい。そりゃ楽しみだ」

寅太郎が笑みを浮かべた。

膳はただちに運ばれてきた。

「鯖の揚げ浸しに野菜と厚揚げの煮物、それに根深汁《ねぶかじる》の膳でございます」

おはなが調子よく言った。

「来た来た」

「飯の盛りがいいな」

兄弟が笑顔で受け取る。

「飯も汁も、いっぺんだけならお代わりできるぜ」

駕籠かきが教えた。

「へえ、そりゃいいな」

「さっそく食おうぜ」

野菜の棒手振りたちの箸《はし》が動きだした。

皮目に切り込みを入れるなどの下ごしらえをした鯖の身を、酒と醬油と味醂《みりん》を合わせたものにつけて下味をつける。鯖の身に片栗粉《かたくりこ》をはたいてからりと揚げ、べつに用意したつけ汁に投じ入れて味をなじませる。

水に醬油と味醂、それに、刻んだ葱と生姜《しょうが》と赤唐辛子を入れたぴりっとしたつけ汁だ。あつあつのうちに揚げ浸しにすれば、味がしみこんで実にうまい。

「うめえ」

「こりゃ飯が進むわ」

「お代わりだな」

兄弟は満足げに言った。

「汁も煮物もうめえだろう？」

「飯屋と駕籠屋がおんなじ江戸屋でよう。駕籠かきはただで飯を食えるんだぜ」

先客が自慢げに言った。

「へえ、そりゃ張り合いが出るな」

「毎日この膳を食えたらほくほくだ」

兄弟が言う。

「お気に召されましたか」

おはなが笑みを浮かべた。

「おう、どれもうめえけど、野菜はおいらたちの品のほうがいいぜ」

「これも悪くはねえんだがよ」

「煮方もいいから」

客の言葉を聞いて、おはなは表に目をやった。

ちょうど天秤棒が置かれている。

「品を見せてもらえますか」

仁次郎が出てきて問うた。

「お安い御用で」

「いくらでも売りますんで」

打てば響くような返事があった。

飯屋のあるじは表へ出て、野菜を手に取って入念にあらためた。

「これは色が違うね」

人参を手にして戻るなり、仁次郎は言った。

「砂村でしか採れない野菜で。もとは京のほうの種で、苦労して育てたんだとか」

寅太郎が言った。

「格の高《たけ》え料理屋にも納めてるんでさ」

卯太郎が自慢げに言う。

「うちにも入れてもらえますかね。この人参だったら、かき揚げでも煮物でもうまそうだ」

飯屋のあるじが乗り気で言った。

「膳に使うほどの数はしょっちゅう入れられねえんです。あるときだけってわけにはいきませんかい」

寅太郎が少し思案してから言った。

「大根と甘藷なら、もっとたくさん入れられるかも」

卯太郎があごに手をやる。

「大根も甘藷もいい品だし、膳の顔にもなるから、お願いできればと」

兄弟の品を気に入った仁次郎が言った。

「そうですかい」

「なら、明日の朝からでも」

「人参も少しは入れられますんで」

話はたちどころに決まった。

「またうめえもんが増えるな」

「ありがてえこった」

江戸屋の駕籠かきたちが笑みを浮かべた。

二

「えいっ」

「とおっ」

気の入った声が響いている。

しばらく経った自彊館《じきょうかん》だ。

久々に剣豪同心と鬼与力が竹刀《しない》をまじえていた。

ひき肌竹刀が触れ合うたびに、世の中まで引き締まるような音が響く。

師範代の二ツ木伝三郎は門人につけていた稽古《けいこ》を切り上げ、端座して見守りはじめた。

奥では道場主の芳野東斎が目を光らせている。

「とりゃっ」

「せいっ」

火の出るような稽古はなおしばらく続いた。

その後は師範代をまじえて江戸屋で呑むことになった。

「いい野菜が入るようになってな」

月崎同心が言った。

「人参のかき揚げに風呂吹き大根ができます。それに、中食の膳で出した甘諸飯も余っていますので」

おかみのおはなが笑顔で告げた。

ちょうど義助とおはるが寺子屋から帰ってきたところで、見世《みせ》はにぎやかだ。

猫たちに猫じゃらしを振って遊びだしたところだ。

「なら、ひととおり持ってきてくれ」

月崎同心が言った。

「承知しました」

おはなが一礼した。

「江戸屋にうまい野菜が入るようになったのは火花の龍平のおかげでな」

剣豪同心が鬼与力に言った。

「盗賊のおかげとは？」

長谷川与力はいぶかしげな顔つきになった。

野菜の棒手振りの兄弟に余った出前の膳を食べさせ、そこから縁が生まれたという話を、同心はかいつまんで伝えた。

「なるほど、それはたしかに盗賊のおかげかも」

与力が腑《ふ》に落ちた顔つきになったとき、料理が運ばれてきた。

味の濃い甘藷をたっぷり入れ、黒胡麻を散らした甘藷飯。色の濃い砂村の人参を拍子木切りにしてふんだんに使ったかき揚げ。柚《ゆ》子《ず》味噌の香りが食欲をそそる風呂吹き大根。いずれ劣らぬ美味だ。

「ああ、これはうまい」

かき揚げを食すなり、長谷川与力が声をあげた。

「人参の味が濃いだろう？」

と、同心。

「甘みが違いますな、陽之進どの」

長谷川与力はそう言ってうなずいた。

「大根もうまいですな。ただの煮物でもうまいのに、この風呂吹き大根は絶品で」

二ツ木伝三郎が白い歯を見せた。

「このところは、出前でもご好評をいただいています」

おはながにこやかに告げた。

「甘藷飯はおめえらも好物だよな」

客が見世のきょうだいに言った。

「うんっ」

義助が元気よくうなずく。

「大好き」

おはるもいい声で答えたから、剣豪同心と鬼与力も笑顔になった。

三

師走《しわす》になった。

風がいちだんと冷たくなるこの季節はあたたかいものが恋しくなる。

江戸屋の膳の顔は飯がもっぱらだが、夏の暑い時分にはそうめん、冬の寒いときにはうどんも出す。

その日の中食は、釜揚げうどん膳にした。

「うまくなれ、うまくなれって念じながらうどん玉をこねるんだ」

仁次郎が弟子の吉平に言った。

「へいっ」

ねじり鉢巻きの吉平が小気味よく手を動かす。

「いくたびかこねたら、うどん玉を木鉢にばしーんとたたきつけてやる。それがうどんのこしにつながるから、気を入れてやれ」

仁次郎が言った。

「へいっ」

いい返事をすると、吉平は両手でうどん玉を持ち上げ、気の入ったしぐさで木鉢にたたきつけた。

ばしーん、といい音が響く。

うどんづくりは粛々《しゅくしゅく》と続いた。

少し寝かせてから、のしと切りの作業に入る。

「手で切りにいっちゃいけねえ。麺切《めんき》り包丁の重みで、すーっと切れるようにしねえとな」

仁次郎が勘どころを教えた。

「ちいと難しいです」

吉平はいささか苦労していた。

「数をこなしたら慣れるわよ。気張って」

おはなが励ました。

「へいっ」

気の入った返事をすると、吉平はまた包丁を動かしだした。

こうして打ち上がったうどんは釜揚げにした。大きめの盥《たらい》にあつあつの湯を張って出す。

これに、人参や牛蒡《ごぼう》や油揚げなどの具だくさんの炊きこみご飯と、江戸屋名物の大ぶりのかき揚げがつく。

「今日は運ぶのに手間がかかるので」

おはなが苦笑いを浮かべたほど大盤振る舞いの中食になった。

「こりゃ、見ただけで満腹になりそうだな」

「なら、食わずに帰りな」

「そんな殺生《せっしょう》な」

駕籠かきたちがそんな掛け合いをするほどのにぎやかさだ。

「釜揚げうどんだけでこんなにあるのに、炊きこみご飯までつけなくたっていいような気もするがな」

「おいらたちでも食うのが大変だ」

河岸で働く男たちが言う。

「釜揚げうどんは出前には向かないもので」

おはなが答えた。

「ああ、なるほど」

「運んでるうちに湯がこぼれちまうな」

「それに、冷めたらうまくねえし、うどんものびちまう」

客は得心のいった顔つきになった。

「出前は炊きこみご飯とかき揚げにしたので、見世ではこんな盛りだくさんに」

飯屋のおかみはそう言ってまた盥を置いた。

そのほかにつけ汁がつく。薬味の葱は丼に山盛りにして、好きなだけ入れるというやり方だ。

「まあ何にせよ、たらふく食えるからよ」

「これを食ったら力が出るぜ」

客は口々に言った。

出前の注文も入った。

「京橋の駿河屋さんへ三人前、お願いします」

おすみがのれんをくぐるなり、指を三本立てた。

「へい、承知で」

厨《くりや》から仁次郎が答える。

「律儀ですねえ、駿河屋さんは」

おはなが言った。

「先だっても、のれん分けの京橋の見世をたずねがてら来てくださったから」

仁次郎がうなずく。

銘茶問屋のあるじの源右衛門と番頭の辰次は、玉露《ぎょくろ》を手土産《てみやげ》にのれんをくぐり、しばし料理に舌鼓《したつづみ》を打ってから帰っていった。里子の茶々は達者に暮らしているらしい。

さすがに飯屋で上等の玉露は出せないから、駕籠屋の来客用にした。それでも余った分は自彊館に渡した。道場主と師範代が、のちにつれだって礼を述べがてらのれんをくぐってくれた。馥郁《ふくいく》たる香りのいいお茶だったらしい。

「おっ、ちょうどいい頃合いに来たな」

為吉の顔を見て、仁次郎が言った。

「おすみちゃんと一緒にさーっと運びますんで」

為吉が身ぶりをまじえた。

「はい、お膳あがりました」

吉平の声が響いた。

ほどなく支度が整い、出前駕籠が動きだした。

四

京橋の駿河屋から帰ってきたあとも、出前駕籠はほぼ休みなく動いた。

出ずっぱりではつらいため、おすみの代わりを巳之吉がつとめた。駕籠かきとしてはだいぶ歳で、相棒の巳之助《みのすけ》が亡くなったのを機に出前駕籠の控えになった男だ。

泰平と吉平の父親だった巳之助は辻斬《つじぎ》りの犠牲になった。年が明ければ、もうそろそろ年忌《ねんき》が来る。

「早いもんですね」

帰りの出前駕籠を担ぎながら、為吉が言った。

もう一人、為吉と仲が良かった新松《しんまつ》も辻斬りの犠牲になっている。

「一年はあっという間だ」

巳之吉が答える。

「まあ、年忌が明けたら祝言《しゅうげん》なんで」

為吉は笑みを浮かべた。

「そりゃ楽しみだな」

巳之吉も顔をほころばせる。

「もう長屋のあてはついたんで」

為吉は嬉《うれ》しそうに言った。

「ここまで待ったんだからな。気張ってややこをこしらえな」

古参の駕籠かきがそう言ったから、為吉の顔が赤く染まった。

その日、終《しま》いの出前駕籠は小伝馬町に向かった。

袋物問屋の梅屋だ。

あるじの庄兵衛とおかみ、跡取り娘のおいと。

それに番頭と手代の五人前を頼んだ。

「このかき揚げ、おいしい」

おいとが笑みを浮かべた。

「人参の味が濃いいね」

庄兵衛が満足げに言った。

「人参が違うのかしら」

と、おかみ。

「砂村でつくっている。京から来た種だそうだ」

あるじが答えた。

「どうりで違うと思った」

おかみがうなずく。

「かき揚げと炊きこみご飯、同じ人参でもおいしさが違う」

おいとはそう言って箸を動かした。

「そうだね。先だっては危ない目に遭《あ》ったが、難を逃れてこうやっておいしいものを食べられるんだから、ありがたいことだね」

梅屋のあるじはしみじみと言った。

「ほんと……ありがたいことで」

跡取り娘は箸を止め、続けざまに瞬《まばた》きをした。

五

「はいよ、今日はいい人参が入ったよ」

寅太郎の声が響いた。

「おう、そりゃありがてえ。当分、砂村のは入らねえかと思ってた」

仁次郎が笑顔で答えた。

「普通の人参をお出ししたら、今日はあの赤《あけ》え人参じゃねえのかよ、と文句を言われたりするもんで」

おはなが苦笑いを浮かべた。

「そりゃすまねえこって」

卯太郎が髷《まげ》に手をやった。

「見世のお客さんも、出前の得意先も大喜びで」

と、仁次郎。

「つくり手に伝えときます」

「きっと喜びまさ」

野菜の棒手振りの兄弟がいい表情で言った。

色も味も濃い人参は、さっそく中食の膳に出た。

人参と大根と厚揚げの煮物だ。けんちん汁の具にもなっている。

膳の顔は寒鰤の生姜焼きだった。

この時季の鰤は脂《あぶら》が乗るから、寒鰤という名で重宝されている。寒鰈《かんがれい》や寒鯔《かんぼら》も冬の美味だ。

「生姜がぴりっとしててうめえな」

「鰤は照り焼きだけかと思ったら、生姜焼きもうめえんだな」

「秋刀魚《さんま》に塩焼きと蒲焼きがあるようなもんか」

客が口々に言いながら箸を動かす。

「おっ、今日の人参は赤えぞ」

「お御籤《みくじ》で大吉が出たみてえだな」

「ありがてえ、ありがてえ」

駕籠かきの一人が人参を拝みだした。

そんな按配で、中食の膳は次々に出た。

出前の注文も来た。

「大口の出前だぜ」

そう言いながら入ってきたのは、猫又の小六だった。

「お奉行所で？」

おはなが問う。

「おう、八人前頼むわ」

小六はすぐさま答えた。

「へーい、お待ちを」

厨から仁次郎が言った。

「おいらの分もできるかい」

小六が問うた。

「はい、できますよ」

手を動かしながら吉平が答えた。

「親分さんは来ないんですかい？」

客の一人が声をかけた。

「親分が来たら、出前の分まで食っちまうからよ」

小六がそう答えたから、飯屋に笑いがわいた。

六

「はあん、ほう……」

「はあん、ほう……」

息を合わせて、出前駕籠が動きだした。

先棒が為吉、後棒がおすみだ。

「あっ、はあんが」

おすみが声をあげた。

「さばもいるぞ」

為吉も言う。

二匹の子猫が仲良く道端の日の当たるところで寝そべっていた。

「仲良しね」

「行ってくるな」

若い二人が声をかけた。

子猫たちがふしぎそうに見送る。

出前駕籠は滞《とどこお》りなく南町奉行所に着いた。

今日の出前はここで終わりだ。

「おう、みなが食い終わるまで待っててくれるか」

月崎同心が声をかけた。

「へい、承知で」

為吉が答える。

「そのへんを歩いてますので、どうぞごゆっくり」

おすみも笑顔で言った。

中食の膳は大好評だった。

「この人参はたまりませんな」

「鰤も生姜が利いていてうまいです」

「さすがは江戸屋で」

奉行所の役人たちが満足げに言う。

「そりゃ、江戸一の江戸屋だから」

おのれがあるじであるかのような顔で、剣豪同心が胸を張った。

今日はいい天気だった。風もさほど冷たくはない。

「もうじき江戸の空に凧《たこ》が揚がるな」

青空を指さして、為吉が言った。

「うん、楽しみ」

同じところを見て、おすみが言う。

「だいぶ経ったけど、やっと祝言だ」

為吉が笑みを浮かべた。

「お料理が楽しみね」

おすみも笑みを返す。

「食ってばかりいたらみっともないよ」

「まあほどほどに」

そんな話をしながら、若い二人はしばらく奉行所の周りを歩いた。いくたびも出前を運んでいるから、門番とは顔なじみだ。怪しまれることはない。

頃合いを見て戻ると、膳はみなきれいに平らげられていた。

「今日もうまかったぜ。みな大喜びだった」

月崎同心が白い歯を見せた。

「ありがたく存じます」

「運んできた甲斐《かい》があります」

若い二人が頭を下げた。

「明日は平次と道場で稽古だ。終わったら行くからと伝えといてくれ」

剣豪同心は言った。

「承知しました」

と、おすみ。

「なら、戻りますので」

為吉が右手を挙げた。

「ご苦労さん」

月崎同心が労をねぎらった。

「よし、帰ろう」

「うん」

ほどなく、軽くなった出前駕籠が動きだした。

「はあん、ほう……」

「はあん、ほう……」

掛け声がそろう。

まもなく祝言を挙げる若い二人の足取りは、行きよりずっと軽やかだった。

【参考文献一覧】

『一流料理長の和食宝典』（世界文化社）
田中博敏『お通し前菜便利集』（柴田書店）
田中博敏『旬ごはんとごはんがわり』（柴田書店）
畑耕一郎『プロのためのわかりやすい日本料理』（柴田書店）
『一流板前が手ほどきする人気の日本料理』（世界文化社）
『人気の日本料理2　一流板前が手ほどきする春夏秋冬の日本料理』（世界文化社）
料理・志の島忠、撮影・佐伯義勝『野菜の料理』（小学館）
土井勝『日本のおかず五〇〇選』（テレビ朝日事業局出版部）
野﨑洋光『和のおかず決定版』（世界文化社）
おいしい和食の会『和のおかず【決定版】』（家の光協会）
鈴木登紀子『手作り和食工房』（グラフ社）
『復元・江戸情報地図』（朝日新聞社）
西山松之助編『江戸町人の研究　第三巻』（吉川弘文館）

コスミック・時代文庫

人情《にんじよう》めし江戸屋《えどや》
妖剣火龍

2021年11月25日　初版発行

【著 者】
倉阪鬼一郎《くらさかきいちろう》

【発行者】
杉原葉子

【発 行】
株式会社コスミック出版
〒154-0002 東京都世田谷区下馬 6-15-4
代表　TEL.03(5432)7081
営業　TEL.03(5432)7084
　　　FAX.03(5432)7088
編集　TEL.03(5432)7086
　　　FAX.03(5432)7090
【ホームページ】
http://www.cosmicpub.com/
【振替口座】
00110-8-611382
【印刷／製本】
中央精版印刷株式会社

乱丁・落丁本は、小社へ直接お送り下さい。郵送料小社負担にて
お取り替え致します。定価はカバーに表示してあります。

ISBN978-4-7747-6333-0 C0193